COL

Blaise Cendrars

Le Brésil

DES HOMMES SONT VENUS

Photographies
de Jean Manzon

Gallimard

À la mémoire de mon meilleur ami, Paulo Prado, l'auteur pessimiste de ce livre singulier Retrato do Brasil.

Fatigué d'avoir raison, il est mort d'ennui.

B. C.

I

Le Paradis

— C'est le Paradis terrestre !...

Combien de fois n'ai-je pas entendu pousser cette exclamation autour de moi quand, à bord d'un paquebot voguant en vue des côtes du Brésil, descendant mollement dans le sud, tous les passagers massés à tribord, penchés sur la lisse au point d'ajouter imperceptiblement à la gîte du beau navire — une fois, c'était à bord du *Gelria*, un hollandais tout blanc, un steamer de ligne aussi fin qu'un yacht, dont le roulis était célèbre, une autre fois, à bord du géant des mers, le *Normandie*, dont le corps énorme et aérodynamique se berçait à plaisir dans l'alizé du S.-E. — tous les passagers, rien que des touristes en croisière, braquaient leurs appareils, mitraillaient « le Paradis » à bout portant, leurs exclamations admiratives se doublant du déclic des *Kodak*, des *Leica*, du ronronnement des *Pathé-Baby*, des *Rolleiflex*, de tout un brouhaha délirant, enthousiaste et enchanté, en proie à une exaltation allant crescendo, et durant des jours et des nuits, de Natal à Porto Alegre, c'est-à-dire sur deux, trois mille milles marins, le barman et le coiffeur du bord développaient autant de kilomètres de pellicule et faisaient des affaires d'or, tout le monde leur demandant de tirer des photos au format des cartes postales illustrées que l'on mettrait par centaines dans la boîte aux lettres à la prochaine escale, à destination de la vieille Europe.

— C'est le Paradis terrestre !...

Une magnificence. Le tropique. Les plus beaux paysages du monde. Les plus colorés. Tout est monté d'un cran. La lumière est si intense qu'elle fait peur aux peintres (et seul Manet, alors midshipman à bord d'un navire-école qui avait fait relâche dans la baie de Guanabara, sut la rapporter de Rio pour la faire exploser dans les toiles des impressionnistes et des Fauves...). Enfin, nos yeux vont jusqu'au soleil ! Le simple fait d'exister est un véritable bonheur. C'est une révélation. Même les pauvres émigrants qui viennent dans ces parages font pencher leur rafiot en se ruant à tribord pour ne rien perdre du spectacle. La Terre promise... Le Paradis...

La mer est indigo, le ciel bleu, bleu perroquet, avec matin et soir des cumulus de nuages qui fusent, s'effondrent, se fendent, se cassent, se vident comme d'immenses poteries craquelées qui s'émietteraient en tombant à la renverse et laisseraient couler leur contenu : de la couleur dégoulinante qui fait des taches d'huile avant de se pulvériser dans l'atmosphère rayonnante, les feux du crépuscule, les feux de l'aube...

La création. Des caps en accore qui avancent fort avant dans la mer océane et contre lesquels viennent se fracasser les vagues du large ; des baies profondes où viennent mourir les rouleaux de l'Atlantique. Les crêtes de granit de la Serra do Mar si étrangement découpée, des montagnes allongées, couchées, vautrées, au profil fuyant ou, la tête relevée, génial. Ramifications condyliennes et tourmentées. Tours de porphyre. Colonnes piriformes. Cônes abrupts comme celui du Pain de Sucre (et les Normands de Villegaignon avaient surnommé le « Pot-au-Beurre » cette projection d'une parfaite trigonométrie !... Mais que reste-t-il de la capitale de la France antarctique ou équinoxiale, ce rêve d'un paradis terrestre et de la paix fait par un huguenot en exil ? L'île du même nom qui porte les bâtiments de la Direction des douanes dans le port de Rio de Janeiro et, au bout du cap Frie, les ruines d'un fort élevé par des pirates français au début du XVIIe siècle, abstraction faite des quelques rares métis à peau sombre, des *curibocas*, oubliés dans la brousse saccagée du littoral où l'on venait jadis couper le *paù-Brasil* ou bois-rouge et qui ont encore aujourd'hui les yeux bleus et les moustaches à la gauloise…). Écueils, rocs et rochers en lisière. Tables inclinées, en équilibre instable. Falaises. Cubes entassés. Murailles perpendiculaires. Arborescences. Palmiers. Cactées. Immenses blocs nus. Tohu-bohu. Vertigineuses aiguilles creuses, cariées, chantournées, d'un pittoresque archifou comme la chaîne romantique des Orgues ou le Doigt de Dieu qui penche. Et du haut des éboulis dégringolant jusqu'à la mer, la forêt vierge, funèbre, hostile, menaçante, mystérieuse, noire de chlorophylle.

Quel relief !

Le soleil est à pic.

Impression de force, de puissance et de gloire, mais aussi un sentiment d'absurde à l'aspect de cette cathédrale végétale dont la façade luxuriante, les fûts géants couronnés de feuillages, les nefs sauvages, les arcades béantes, les ogives qui se ramifient à l'infini, les portails multipliés dans toutes les directions donnent tous également sur le vide et sont étrangement déserts. C'est trop grandiose. On cherche l'homme. Il n'y en a pas, et cela fiche le cafard.

Sous le crêpe touffu des grands arbres du bord de l'eau scintillent des plages éblouissantes de sable blond ou de nacre, et en bordure des couches, des baies, des criques ainsi que très loin au large, éparpillées ou distribuées comme des balises, les îles, les îles serties de guano ou blanches d'écume.

La chaleur est atroce. Dans les chêneaux, l'eau est de l'étain en fusion et l'on attrape des coups de soleil par réverbération.

On se penche en avant, on fouille, la main sur les yeux ou le binoculaire.

Je cherche l'homme et je n'en vois pas, même pas un Robinson.

Une poussière d'îlots, des îles basses ou bossues, en chapelet, en archipel ou solitaires ou jumelées par des bancs ou des récifs, des îles envahies par une végétation exubérante, un fouillis de jungle, lianes, branches, palmes, touffes de bambous, fourrés d'épines, broussailles aux feuilles luisantes qu'écrase un vieux solitaire tordu ou que domine le squelette d'un arbre mort couvert de plantes parasitaires. Pas une hutte.

Autrefois, les plages du continent et des îles grouillaient d'Indiens qui gesticulaient.

Le bateau passe...

Îles
Îles
Îles où l'on ne prendra jamais terre
Îles où l'on ne descendra jamais
Îles couvertes de végétation
Îles tapies comme des jaguars
Îles muettes
Îles inoubliables et sans nom
Je lance mes chaussures par-dessus bord car je
    voudrais bien aller jusqu'à vous...

(Pourquoi n'avais-je pas pris l'avion ?... Et c'est ainsi que moi-même, connaissant déjà ces côtes abandonnées et y étant revenu une dernière fois par la voie des mers à bord d'un cargo des *Chargeurs réunis* qui bourlinguait entre les îles selon mon désir et se livrait au cabotage, j'exprimais un soir ma nostalgie de l'homme. Au lieu des photos que je ne pouvais pas faire dans les rayons obliques qui refoulaient la nuit prête à brouiller le paysage d'une minute à l'autre, je tirais des images verbales instantanées grâce au don que j'ai d'exprimer et de ne pas tout dire à volonté, cartes postales mentales que j'adressais à mon tour à mes amis, les poètes de Paris. À la vue d'une ultime île déserte frangée de cocotiers, j'allais ajouter *îles paradisiaques* quand je préférai remplacer ces mots par trois points de suspension, sachant trop quel est le train du monde et qu'il n'y a pas de paradis terrestre. Si j'avais pris l'avion, jamais je n'aurais été amené à faire de la photographie verbale et à en adresser les images à mes amis sous forme de poèmes dépouillés, car vue du haut des airs cette terre ardente du Brésil est comme frappée de lèpre, et l'immense forêt vierge que j'ai comparée à une absurde cathédrale végétale vivante perd son relief, ne fait plus image et ressemble, maintenant qu'on la découvre du haut du ciel, à l'envers effiloché d'une tapisserie mangée aux mites s'étendant à l'infini, à une sombre moisissure qui ronge l'intérieur du pays. Je suis même convaincu que si les premiers Blancs qui ont abordé au Brésil étaient venus par la voie des airs, ils auraient fait demi-tour à la vue de cette étendue impénétrable qui fait peur, d'une forêt qui déborde les horizons et qui a été si justement dénommée l'*Enfer vert* par un naturaliste du XXᵉ siècle qui l'explorait. Il est curieux, et c'est même extraordinaire de constater et de se l'avouer, qu'une image peut jouer un rôle actif dans la vie des hommes, voire troubler et tromper la psychologie de toute une nation ou d'une époque au point que son potentiel poétique fait l'Histoire. Je me méfie des images. Beaucoup plus que partout ailleurs au monde, au Brésil le paradis est un leurre, une image poétique, un sale cliché usagé. J'aurais eu honte de l'employer dans ce petit poème de moi que je viens de citer. Cela peut sonner cyniquement dans la bouche d'un poète et ressemble fort à du parti pris moderne, antipasséiste ; mais il n'en est rien, c'est un fait, un fait historique, une constatation. « *C'est le Paradis terrestre !* » mandait textuellement et comme pris de frénésie Pero Vaz de Caminho, le notaire de la flotte amirale, en annonçant au roi du Portugal, Dom Manuel Iᵉʳ, dit Emmanuel-le-Fortuné, la découverte du continent sud et la prise en possession de la nouvelle terre, la Terre de la Vraie-Croix, dite Brésil en argot des coupeurs de bois-rouge, des pirates et des contrebandiers, et ce nom vulgaire, d'origine guarani, lui est resté attaché. C'est donc depuis quatre siècles et demi que ce cliché poétique est l'un des deux pôles de la littérature brésilienne. On pourrait même croire que le Brésil a été découvert spécialement à l'usage des hommes de lettres et gens de cabinet car, l'autre pôle, celui de la prose, est un autre cliché, futuriste quoique encore plus éculé que le premier depuis quatre cent cinquante ans qu'il traîne dans les épais traités d'économie politique du pays et fait les pires ravages dans la presse locale depuis un peu plus de cent ans que les journaux sont autorisés au Brésil, c'est-à-dire depuis la fin de l'époque coloniale. Et ce deuxième cliché, on le doit encore au même scribe, à Pero Vaz de Caminho qui conclut sa fameuse lettre au roi par les mots : « Sire, s'il vous plaît de l'exploiter, c'est un pays extraordinairement sain et qui produit toutes choses en abondance, *le Brésil, pays d'avenir.* » Ainsi le pavillon couvrait la marchandise dès le premier jour de la découverte. Et je trouve ma formule bonne qui résume en trois mots comme un slogan de propagande ou de publicité la longue lettre dithyrambique du notaire royal et les descriptions enthousiastes, lyriques, intéressées des chroniqueurs et des autres *descobridores* et *conquistadores* qui devaient suivre, sans rien dire des religieux bénisseurs qui ont dû clouer le panneau au tronc d'un bananier pourri :

Avis

PARADIS À EXPLOITER

Je suis peut-être irrespectueux mais je n'ironise pas. Ce n'est pas une satire. Ce n'est pas un paradoxe. Ce n'est pas une caricature. En vérité, c'est tout un programme. Un drame. Une tragédie. L'histoire du Brésil est shakespearienne. Être ou ne pas être. Le passé. L'avenir. On n'a pas fini de découvrir le Brésil qui vit au jour le jour. Est-ce sa force ou sa faiblesse ? Au lecteur d'en juger d'après les belles photographies de mon ami Jean Manzon, un solide réaliste à la Diderot, un jeune Français qui a su se planter au milieu du Brésil et y prendre racine avec les yeux. Je ne crois pas qu'on puisse faire mieux voir. Ce qu'il vous montre, c'est le Brésil d'aujourd'hui, tel qu'il est en dehors de toute théorie passéiste ou futuriste. C'est le présent ! Le présent, la chose la plus difficile à fixer à l'objectif, car c'est la chose la plus fugitive au monde. C'est l'instant. Un instant heureux entre deux révolutions. L'instable en équilibre. Car ce que l'on a sous les yeux n'est jamais vu. C'est toujours nouveau. Comme dit David Wark Griffith, l'inventeur de la technique cinématographique : *What is ever seen is never seen.*)

Un déclic... et c'est soudain la nuit, la nuit palpitante qui bat comme une voile, la nuit qui change d'amure.

Déjà les grosses étoiles du tropique criblent la surface des eaux phosphorescentes.

Un soupir vient de la terre. Un râle, du large.

C'est un lamantin qui plonge sous l'étrave. C'est un cachalot qui s'ébroue et chasse au grand large.

Une brise vient du continent. Un air embaumé

monte des lagunes derrière les îles et poisse tout à bord, cordages et rambardes. C'est le « bol de lait créole ». On l'aspire et on l'avale. C'est une drogue.

Comme sur l'étamine du drapeau national brésilien le plus récent la nouvelle constellation, la Croix du Sud vient s'inscrire dans l'orbe bleu de la nuit profonde.

C'est l'heure de la fièvre.

On frissonne.

On rêve.

En tête à tête avec la lune.

On ne peut pas dormir.

On a des visions jusqu'au petit jour.

Cela tient de la féerie, pour ne pas dire de la magie. En tout cas, c'est une révélation sur la nature occulte du monde ou une démonstration des lois physiques de l'univers, selon le penchant de chacun.

Je me demandais comment nautoniers et marins d'autrefois avaient pu garder leur sang-froid et ne pas céder aux mirages, eux qui ne connaissaient pas encore l'usage du tabac, en pipe, en chique ou à priser, ce poison subtil qui alimente l'esprit durant les insomnies et le rend philosophique en le purgeant de toute vaine chimère. Sans lui, la veille à bord est oiseuse qui ne fait que bavarder à tort et à travers pour ne rien dire. Et en fumant un gros *charuto* de Bahia, j'entendais d'ici les pilotes défunts émettre des théories et discuter de leurs boussoles empiriques, des sangsues dans un tonneau, des oiseaux en cage, des souris blanches retenues par un coton rouge, et chacun de prôner son invention au nom de Dieu ; et matelots de pont, gabiers, mousses, retournés au néant depuis des siècles, je les entendais s'interpeller pour commenter les incidents de la journée, commérages tous plus superstitieux les uns que les autres et qui tournaient court en chamaillerie, surexcitation, jeu à se faire peur, bourrage de crâne, histoires de revenants, de fantômes, sirènes, poisson-falot, évêque-triton s'envolant dans la tempête, mule-sans-tête chevauchée par le Malin et qui lâche du vent en sifflant, et autres chienneries du Diable à dormir debout, mais dont le canevas et les extravagances troublaient la raison et prenaient des proportions imbéciles depuis que l'on avait franchi la Ligne, que l'on avait fait le grand saut et risqué le plongeon de l'autre côté du monde, que l'on s'avançait dans les mers de plus en plus épaisses du Sud où le destin, qui sait, était de tomber en panne dans les sargasses et de ne pas pouvoir s'en dépêtrer et de pourrir sur place jusqu'à la fin, planche par planche, membrure par membrure, et l'angoisse qui s'emparait des hommes à l'approche de la terre inconnue qui les hantait, et l'appréhension et les transes de la découverte expliquent probablement mieux que les misères de toutes sortes supportées durant la longue traversée, la révolte ou la panique d'un équipage dont les récits des anciens navigateurs font très souvent état sans s'attarder sur les causes ni entrer dans les détails de l'affaire, sauf pour les sanctions : pendaison, abandon dans une île déserte, mise aux fers, cachot, privation de nourriture, fustigation, exposition au grand-mât, poucettes, garcette, crapouille ou carcan.

À l'aube, ce n'est pas le chant des oiseaux dont parlent tous les vieux auteurs comme d'une symphonie incomparable et que j'attendais pour sauter de mon hamac tendu sur le pont, qui me rendit à ma lucidité, mais bien le vrombissement du grave à l'aigu, d'un avion qui montait de la mer et émergeait du ciel pour piquer droit sur le continent, au-dessus duquel il s'engagea hardiment, en plein ouest : Minas, Goyaz, Mato Grosso, l'Enfer vert et… oultre !… jusqu'au Far West, Dieu sait… le Far West d'un cinéma futur… quand le Brésil sera prêt à tourner et aura son Hollywood, Kinétopolis, studios et bungalows et gratte-ciel pour la télévision, et une tour d'émission pour la radio qui se dresseront aux confins du monde civilisé, en l'an 2000, *fuerodo mato*, comme on dit là-bas, hors la forêt vierge, enfin !… comme il a déjà une cité refuge pour milliardaires en cas de crise économique mondiale ou de guerre universelle, édifiée à 500 kilomètres de la côte, à 700 mètres d'altitude, au mitan du plateau toujours ensoleillé de Parana, l'*araxa*[1] des Indiens tout planté des bois d'arauca-

---

1. Étymologie tupi d'après Couto de Magalhaes : *ara* = le jour ; *echà* = voir à distance ; *araxa* = l'endroit d'où l'on voit poindre le soleil à bonne distance. Par extension : tout le haut plateau de l'intérieur du Brésil.

rias géants, ces conifères en forme de chandelier à sept branches qui assurent à cette zone subtropicale le climat le plus sain du globe, résidence d'hyper-grand luxe reliée à São Paulo et à Rio par un service quotidien d'avions, à trente heures de vol des U.S.A., à un peu plus de deux jours seulement des aérodromes d'Europe, c'est Londrinas, la petite Londres, ville qui a été inaugurée en 1927 par Sternberg-Miranda, le grand patron du *Trust de l'Hygiène*, et qui a déjà eu l'occasion de faire son plein des plus gros richards internationaux ou apatrides, en 1929 et en 1939, et ce sera un *boom* prodigieux la prochaine fois, dans une ou deux décennies, « un boom au paradis », car Sternberg-Miranda aussi y croit, m'a-t-on dit, au paradis terrestre et à la guerre atomique, et défriche de nouveaux lotissements qu'il met déjà en vente et délivre des titres de propriété par l'intermédiaire d'un *holding* mondial où son nom ne paraît pas. C'est une affaire du tonnerre de Dieu ! c'est bien le cas de le dire... Mais que se passe-t-il ? Le ver est dans le fruit. Début juillet 1951, comme je venais d'écrire ce qui précède, les journaux annoncent des troubles « communistes » à Londrinas. Le Gouvernement fédéral aurait envoyé quelques escadrilles de bombardiers pour mater la rébellion. Et

À Paris, nous avons le Point-du-Jour ; mais c'est par dérision, le soleil se couchant justement derrière ce point !...

depuis, on n'en parle plus. L'affaire est étouffée dans les journaux. Mais sur le terrain, en ville ?... « Révolte au Paradis des Milliardaires » me paraît être le titre d'un film d'une savoureuse utopie. Mais de quoi s'agit-il en réalité ? D'une simple grève sur le tas, ou de l'émeute des anges gardiens ?

Ce matin-là, je suivais l'engin des yeux jusqu'à son point d'impact au ciel, où il disparaissait derrière l'horizon.

Va-t-il faire demi-tour d'une minute à l'autre pour s'en retourner d'où il vient, ou va-t-il faire le tour du monde pour y arriver ? me demandai-je...

Des hommes sont venus de la mer, des Blancs, pour découvrir par hasard un continent dont personne n'avait la moindre notion en Europe, mais dont l'idée était dans l'air... Cette terre nouvelle les a éblouis.

Des hommes sont venus portés par l'Océan, fuyant à la cape dans la tempête, après des jours et des jours d'une misérable, d'une épuisante traversée.

Des hommes ont débarqué pour se muer en conquistadores, d'où les plages, les rivages déserts aujourd'hui. Les Indiens n'y sont plus, les Indiens qui allaient nus.

Le bateau passe... Les côtes dépeuplées défilent et le chapelet des îles abandonnées.

Les plus beaux paysages de la terre entière...

Les plus belles photos...

Un documentaire.

Le Paradis...

... Des grands papillons bleus et noirs, dits *pamploneros*, de la famille des morphées, viennent à notre rencontre très loin au large et voltigent et tournoient autour du navire comme des âmes en peine...

Non, il n'y a pas de paradis possible hors la présence de l'homme, et l'homme est un loup pour l'homme.

Mais j'aime l'homme. Le Rouge. Le Blanc. Le Noir. L'homme brésilien d'aujourd'hui en qui tous les sangs se marient : le *caboclo*, le *sertaneijo*, le *jagunço*, le *catingueira*, le *tabaréa*, le *caipira*, le *mamaluco*, le *mulato*, le *cafuso*, le *zembo*, le *parob*, le *carioca*, le Blanc de Rio de Janeiro, la capitale prestigieuse, et le *paulista*, le natif de São Paulo, qui a fait l'unité du pays en le compénétrant, puis sa richesse en le débroussant.

Ces noms ne vous disent rien ?

Ce ne sont pas seulement les appellations de nuances variées dans la coloration de la peau, mais des types d'homme en pleine évolution mentale, donc d'habitat.

L'Homme Nouveau.

Le Brésilien.

« Condamnés à la civilisation, nous devons progresser ou périr !... », déclare Euclides da Cunha, le génial auteur de *Os Sertões*[1], le plus grand livre

1. *Os Sertões* (1 vol., Rio, 1902). C'est l'histoire d'une rébellion

de la littérature brésilienne moderne et son premier classique.

« Notre choix ne fait pas l'ombre d'un doute, ajoute-t-il, car nous sommes prédestinés à former une race historique dans le futur. Mais notre évolution biologique doit être conditionnée et garantie par notre évolution sociale... Et encore faut-il que la vie de notre autonomie nationale dure assez longtemps pour le permettre... »

Mon ami Paulo Prado disait mélancoliquement : « Une seule note d'espoir pour le Brésil : c'est que son avenir ne peut pas être pire que son passé. »

Ainsi les deux écrivains les plus lumineux de l'*intelligentzia* brésilienne, le pessimiste et l'optimiste, se rejoignaient dans le doute sur le sort de leur Patrie.

Tous deux avaient été également influencés par les théories aryennes du champion de la race blanche alors en vogue, le comte de Gobineau, cet ambassadeur de France qui ne se consolait pas d'être en exil à Rio de Janeiro, où il se sentait profondément malheureux, malgré les preuves d'amitié que lui témoignait l'Empereur et la domination

_____

mystique à l'intérieur de l'État de Bahia en 1896-97. Une traduction en français de ce beau livre, qui tient de l'épopée, du traité de géographie humaine, de l'essai d'ethnographie, a été publiée sous le titre *Terre des Canudos* par Mme Sereth Neu (1 vol., Éditions de la Caravela, Rio, 1947). Je le regrette, car j'allais entreprendre la traduction quasi irréalisable de ce livre difficile sous le titre de *Sauvagerie (L'homme, la brousse et le bled).*

qu'il exerçait sur l'esprit de Pedro II. C'est que l'orgueilleux comte avait une idée fixe et était victime d'un complexe de supériorité. Il ne remarquait que métissage, à la cour comme à la ville. Or, il avait une horreur physique des gens de couleur. Il en voyait partout, il ne pouvait plus vivre, plus respirer, il en tombait malade, il en avait le vertige, c'est le *leitmotiv* de toutes ses lettres où il demande avec insistance d'être déplacé ou rappelé pour cette unique raison d'incompatibilité d'ambiance sociale dont il souffrait moralement plus que du climat, dont il craignait la contamination plus que de la fièvre jaune, alors endémique à Rio.

Mais la vie se moque des théories, fussent-elles d'un prince de l'esprit comme l'auteur du prestigieux roman *Les Pléiades* qui fait la pige à *La Princesse de Clèves* de Mme de Lafayette.

La mort aussi s'en moque. On sait ce que l'aryanisme a coûté à l'Allemagne : en fait d'hégémonie *das Herrenvolk* a failli en crever à la fin de la deuxième guerre mondiale.

II

Caramurù

L'amiral de la flotte, le Portugais Pedro Alvares Cabral, s'était embarqué à Lisbonne pour se rendre dans les Grandes Indes. Des vents contraires le portèrent vers l'ouest et le Brésil fut découvert. C'était en l'an 1500, le 22 avril.

Le premier jour, au sommet d'un promontoire où il y avait une aldée d'Indiens tapageurs, on dressa une croix pour faire hommage de cette terre nouvelle, la Terre de la Vraie-Croix (*Vera Cruz*), au Christ Rédempteur du Monde, « *ao Cristo Redemptor do Mundo, Senhor do Ceo e da Terra* », selon le vœu de Don Manuel-le-Fortuné (en 1935, c'est pour rappeler le vœu royal et aussi pour bien marquer la permanence de cette dédicace devenue une tradition historique et réaffirmer la mission pacifique du Brésil dans le monde que le Gouvernement positiviste du Brésil moderne a fait ériger la croix monumentale du Corcovado dédiée au Christ-Roi, « *ao Cristo-Rey* »), le grand aumônier de la flotte célébrant une messe en plein air et l'amiral, en uniforme de gala, la lui servant dévotement, selon le cérémonial d'usage, les équipages et les soldats de fortune faisant cercle, la mèche allumée, et tout le monde descendu à terre processionnant cierges en main, entonnant les psaumes d'action de grâces, tombant à genoux pour répondre aux oraisons et chanter les litanies de la vieille terre du Portugal, les Pères Jésuites et les moinillons, les *fidalgos* et les officiers, les nobles en disgrâce à la cour sinon bannis de la Métropole et les cadets de famille désargentés ou criblés de dettes, les petits artisans et les paysans « *do Reino* », du Royaume, composant l'expédition, et le dernier jour, après une relâche beaucoup trop longue et qui n'en finissait pas, mais avait permis aux nefs retardataires de rallier la flotte et à l'amiral inquiet et impatient d'envoyer son monde à terre, de le mettre à l'ouvrage, d'aller abattre des arbres, récupérer des vergues et des mâts de rechange, réparer les avaries des navires qui avaient beaucoup fatigué dans le mauvais temps, construire un camp entouré d'une palissade et d'un fossé extérieur, se ravitailler, débarquer les nombreux malades très éprouvés par la dure traversée et qui souffraient d'une fièvre putride ou scorbut et que les fruits étranges, souvent d'une drôle de saveur pharmaceutique ou merveilleux de forme, de couleur et de goût de cette terre tropicale désaltéraient et réconfortaient, sans rien dire des baumes qui venaient du fin fond des bois, et les pauvres âmes dolentes se croyaient au Paradis mais aussi en Enfer, les pauvres gens convalescents, quand les sauvages, que l'on disait anthropophages, leur déléguaient leurs femmes et leurs filles, des donzelles affriolantes, des espèces de sorcières nues qui les fascinaient et tout à la fois leur faisaient peur à cause de leurs tatouages bizarres, à cause de leur manque absolu de vergogne qui n'était ni innocence ni provocation ni exhibitionnisme, mais de la bestialité pure, à cause de leur odeur abominable (comme les serpents constricteurs, dès qu'elles ouvraient leur gueule aux dents limées et affûtées, leur panse pleine exhalait l'haleine des lentes digestions), à cause de leurs façons équivoques de vous entreprendre en versant d'abondantes larmes, pleurant en chœur, glapissantes, poussant des hurlements de loups-garous, ignorant le baiser pour mordre, vous broyant les côtes d'une étreinte tellement leurs bras étaient musclés, et fortes et adroites ces femmes peaux-rouges rompues aux combats, au corps à corps, et bien peu de Portugais s'y laissaient prendre, pas plus les matelots en corvée que les soldats qui les accompagnaient en armes ne s'y risquaient, tellement le danger était partout présent d'être saigné dans le sous-bois ou dévoré la nuit, et encore en état de péché mortel !... le dernier jour, donc, on éleva un *padrão*, une pierre taillée aux armes du Portugal comme les navigateurs lusitaniens avaient coutume de faire dans tous les pays d'outre-mer où ils abordaient pour la première fois et pour bien marquer qu'ils avaient pris possession du pays nouveau au nom de leur roi, et à cause des païens tapageurs, tous les jours plus remuants, voire belliqueux, et qui plus d'une fois étaient venus braver les équipages à l'aiguade et manifester autour des chantiers et même du camp, maniant arcs et sagaies, brandissant massues et casse-tête, on avait construit ce cairn un peu au large de la plage et bien en vue sur un récif (celui-là même qui est enrobé aujourd'hui dans le môle en béton armé où viennent s'amarrer les vapeurs qui font escale à Recife, l'ancrage du vieux port de Pernambouc n'était pas trop sain jusque-là à cause d'un courant sous-marin qui déportait justement sur ce récif signalé par le *padrão* de Cabral et qui a donné son nom de Recife au grand port moderne), et la flotte appareilla, cinglant vers les Indes. Tout le monde était sur le pont, tout le monde était massé à tribord au point d'ajouter à la gîte des navires due au vent de traite et au roulis, personne ne voulant perdre de vue cette terre décevante... cette terre nostalgique... et quand on louvoyait pour doubler un cap et remonter dans le vent, la manœuvre devenait délicate à cause de cette cohue d'hommes qui se précipitaient d'un bord sur l'autre bord pour ne pas perdre des yeux la terre mystérieuse qu'ils avaient découverte... et qui déjà s'estompait... l'Enfer... le Paradis...

Cent ans plus tard le littoral du Brésil était jalonné d'établissements portugais, devenus dès la fin du XVIe siècle le siège des capitaineries qui ont donné leur nom aux différentes provinces de la colonie et qui sont aujourd'hui du nord au sud les grands ports prospères de cet immense pays et les capitales principales des États-Unis du Brésil :

San Vicente, le premier en date de ces établissements, fondé par Martin Afonso de Sousa en 1532, éclipsé aujourd'hui par Santos, le port spécialement équipé pour l'embarquement du café de São Paulo ;

Olinda, établissement fondé par Duarte Coelho en 1536, et son port puîné et concurrent, qui a fini par l'absorber aujourd'hui, Recife, fondé en 1548, assailli dès ses débuts par les Français, les Anglais et occupé par les Hollandais de Maurice de Nassau de 1637 à 1654 ;

San Salvador da Bahia do Todos los Santos, dit Bahia, la plus ancienne ville du Brésil, fondée en 1549 par Tomé de Souza, capitale de la colonie jusqu'en 1763 et le grand marché des esclaves jusqu'à leur libération en 1887, ville-sanctuaire aux 367 églises (une dédiée à chaque jour de l'année, plus une pour le jour bissexte de février, et une autre encore pour être bien sûr de ne pas s'être trompé dans le décompte du calendrier !...), aujourd'hui la Rome des Noirs (magie, *macumba*, franc-maçonnerie), 500 000 habitants ;

São Paulo, fondé par les Jésuites en 1554, avec la bénédiction du padre José Anchieta, l'apôtre du Brésil et le protecteur des Indiens, le site d'où la race des *bandeirantes* est issue, le peuplement des pionniers, la première ville de l'intérieur, dont la fondation consacre, tout au moins moralement, sinon géographiquement, la scission entre le Sud et le Nord avant d'entraîner tout le pays dans la voie de l'indépendance, de la liberté, de la révolte, du progrès, de l'industrialisation, du modernisme, ville dynamique, toujours à l'avant-garde, la Chicago du Brésil (une brasserie, l'*Antarctica*, paie plus d'impôts à elle seule que les sept États du Nord réunis !...) ;

Rio de Janeiro, depuis la proclamation de la République en 1889, la capitale fédérale, après avoir été celle de l'Empire à partir de 1822 et à partir de 1763 celle de l'administration coloniale de la Métropole et un nid de fonctionnaires et de courtisans sous la Régence, fondée en 1565 par Estacio de Sà et sur les conseils de Manuel da Nobrega, le provincial qui y délégua le père jésuite Anchieta, mais capitale fédérale provisoire, car la Constitution de 1889 a prévu le transfert de la capitale future de la Confédération dans le centre géographique du pays et une clause prévoit son emplacement : à Goyaz, en plein cœur de l'*araxa* des Indiens, une zone qui aujourd'hui n'est pas encore entièrement explorée et où les misérables *garimpeiros*, les chercheurs de diamants, pataugent dans la boue des rivières. (C'est ainsi qu'au Brésil le passé et le futur sont toujours présents, enchevêtrés et se chevauchant !...) Mais si la date de la construction, le nom de la future capitale ne sont pas spécifiés dans aucun paragraphe du document essentiel qu'est la Constitution, ce qui m'étonne, cela n'a pas empêché, il y a une cinquantaine d'années, la ruée des spéculateurs dans la région de Goyaz... et de s'approprier des lots partout dans les sites idéaux où l'on peut supposer que la capitale s'édifiera un jour... et de tendre des barbelés dans un terrain encore sauvage... et de s'enrichir !... (C'est le pilote Gonçalo Coelho qui le 1er janvier 1502 pénétrant dans la baie de Guanabara et se croyant dans l'estuaire d'un fleuve a baptisé le plus beau site du monde Rio de Janeiro, le fleuve de Janvier. Le vieux pilote ne savait pas si bien dire, car dans Janvier je vois Janus, le dieu à double face, l'homme masqué et, pour moi, Rio de Janeiro est la capitale du Carnaval. 1 500 000 masques envahissent les rues et sont maîtres de la ville durant les quatre jours que dure la liesse populaire, fête sans pareille au monde, même pas dans l'antiquité dont les bacchanales et les januales sont célèbres !)... ;

Paraiba aujourd'hui, hier João Pessoa, du nom de son gouverneur assassiné en 1930, jadis Frederica sous l'occupation des Hollandais, anciennement nommée Filipea de Nossa Senhora das Neves par son fondateur, João Tavares, en 1585 ;

Belem, à l'embouchure de l'Amazone, fondé en 1613 par les Jésuites qui y établirent un séminaire fameux.

Ce qui est inouï c'est d'apprendre que tout cela a été mis en branle par une poignée d'hommes. En effet, lors d'un *gentlemen's agreement* signé à Paris en 1615 entre l'ambassadeur d'Espagne en France et le délégué de la colonie du Portugal, le capitaine Fragoso de Albuquerque, au sujet de Saint-Louis-de-Maragnan, le port fortifié que le corsaire français, le chevalier de la Revaudière, avait fondé en 1612 dans le nord du Brésil, et dont il avait fait hommage à Louis XIII, petite ville curieuse et décrépite, mais qui tient encore debout aujourd'hui et est bien émouvante pour un Français qui débarque dans les sables de cette côte inhospitalière et découvre comme un décor de théâtre planté dans le désert l'agglomération d'autrefois, avec ses fontaines ornementées, ses rues droites bordées de maisons basses, son église N.-D. de la Solitude, *N.-S. do Desterro*, de style manuélien et dont la façade est couronnée non pas d'un fronton mais de trois frontons aux lignes incurvées comme des cœurs inversés, le capitaine Albuquerque plaida pour la réintégration de l'enclave dans la colonie : « La terre du Brésil n'est pas inoccupée pour la bonne raison que 3 000 Portugais y sont !... »

3 000 Portugais pour tout le Brésil et cela en 1615, cent quinze ans après sa découverte !

Le chorographe, le padre Ayres de Casal raconte : « ... La population augmentait si lentement qu'à l'époque de la mort de Dom Sebastião (1578) il n'y avait pas un établissement en dehors de l'île d'Itamaracà, les habitants de la localité se montaient à 200, possédant trois plantations de cannes à sucre... »

Quelques années plus tard le père missionnaire Fernão Cardim, dont les lettres constituent une relation de ses voyages à travers les régions de Bahia, Pernambouc, São Paulo, Rio de Janeiro et sont une source inépuisable de renseignements et d'informations sur le folklore et l'ethnographie du pays, note en parlant de Bahia : « ... On y compte 2 000 Blancs, 4 000 Nègres, 6 000 Indiens[1]... »

1. Cf. Euclides da Cunha, *op. cit.*, p. 68.

Foin des théories !

La vie s'en moque. Des hommes sont venus…

Des Blancs.

Qui aurait pu le prévoir ? São Paulo compte aujourd'hui près de 2 millions et Rio plus de 2 millions d'habitants. L'ensemble de la population du Brésil se monte à 50 millions d'habitants (soit pour un territoire de 8 500 000 kilomètres carrés une densité démographique de 6 habitants au kilomètre carré). Le pays peut en contenir 400 millions. Autant que la Chine.

Est-ce heureux ou malheureux ?

Il me semble que la question ne se pose pas. C'est un fait, un fait qui va se multipliant dans le temps et dans l'espace. En tout cas la politique, l'économie dirigée, la planification n'y sont pour rien. C'est tout ce que l'on peut dire.

De même pour les théories du comte de Gobineau sur la supériorité de la race blanche, le peuplement du Brésil et la lente formation de la nation brésilienne, sinon d'une race nouvelle et d'hommes nouveaux, prouvent combien ces théories sont fumeuses et ne riment à rien de concret, pas plus que ne sont justifiés, d'une part, le pessimisme instable de mon ami Paulo Prado, esprit souvent paradoxal qui prenait un malin plaisir à étonner ses concitoyens et à les dérouter pour conserver l'illusion de la jeunesse, *castigat ridendo mores* en vieillissant ; c'était un planteur, un lettré, un mondain cosmopolite, un grand homme d'affaires international, le roi du café, l'arbitre du modernisme à São Paulo, le président de l'Automobile-Club, mais il n'était pas dupe ; il est mort en 1943, complètement désenchanté ; d'autre part, l'optimisme conditionnel de l'ardent patriote Euclides da Cunha, de formation scientifique, officier du corps du génie militaire de son métier, géologue, arpenteur, géomètre, ingénieur, explorateur, savant, écrivain, journaliste, conférencier, d'humble extraction avec une lointaine ascendance indienne (sur son lit de mort son masque a tous les traits d'un *cariri*), qui fut assassiné à l'âge de 43 ans, le 15 août 1909, dans un village de l'intérieur pour une question de femme, laissant inachevé le manuscrit d'un prochain ouvrage dont rien n'a paru jusqu'à ce jour, que je sache, ce qui est symptomatique et ferait croire aux bruits qui ont couru avec persistance d'un assassinat politique ; c'est d'ailleurs un soldat qui l'a exécuté d'un coup de feu tiré à bout portant, dans la grand-rue de la station de Piedade sur le chemin de fer de Vera Cruz, selon les uns, à travers la fenêtre de son bureau où il était en train d'écrire, selon les autres, *O Paraiso perdido*, *Le Paradis perdu*, un pamphlet, me dit-on, où il exprimait une fois de plus ses doutes sur l'avenir du Brésil, reconsidérait ses thèses d'historien et portait des accusations contre la politique du jour et contre l'armée. Comme si un individu pouvait intervenir utilement dans un pareil chaos, le peuplement d'un continent où trois races sont en instance : la tupi, la celte, la bantou ! Tout au plus peut-on admettre une concrescence et faire appel à la nature du tropique, prolifique, prodigue, exubérant, prodigieux ; mais les hommes aussi sont de la nature, et peut-être la manifestation la plus vile de son gaspillage et de son indifférence absolue quant au résultat, puisqu'ils doivent émettre des millions et des millions de spermatozoïdes pour créer un individu au hasard et que l'ensemble de leurs semblables meurent du matin au soir comme les éphémères et les mouches en fin de saison. Quant à l'insémination artificielle, ce correctif pseudo-scientifique, une technique automatique et garantie à laquelle les eugénistes veulent avoir recours aujourd'hui et dont ils font la propagande pour l'amélioration de la race (mais quelle race ?... et peut-on encore parler de race humaine en ce cas !...), c'est une foutaise flagrante qui me fait mourir de rire, à moins d'évoquer Dieu. Mais Dieu est aveugle, sourd et muet, et la Terre tourne..., et les hommes se trouvent dans l'obligation de lâcher des millions et des millions de balles de mitrailleuse pour enrayer la prolifération et la pullulation des germes de vie dont ils sont porteurs,... et c'est ça le Progrès, et rien d'autre.

Un pur hasard.

Des hommes sont venus chassés par la tempête...

Des hommes sont sortis de la mer...

Des hommes sont venus...

Des Blancs.

Des Portugais.

« *Croissez et multipliez* », dit l'Écriture.

Autrement : Débrouillez-vous !...

C'est ce qu'ils ont fait.

C'est ce qu'a fait Caramurù, un Blanc, dont on peut voir le tombeau dans la cathédrale de Bahia, entre le tombeau de Mem de Sà, le troisième gouverneur général du Brésil et le plus grand, mort en 1570, célèbre pour avoir proclamé en débarquant et sur les conseils de Manuel da Nobrega, le provincial des Jésuites, un édit public interdisant l'anthropophagie, ce qui faillit déclencher une révolte dans la colonie, non chez les cannibales, mais chez les colons des premières plantations de cannes à sucre qui craignaient de devenir la proie exclusive des sauvages si l'on empêchait les Indiens de se dévorer entre eux, et le tombeau du padre Antonio Vieira, mort en 1697, jésuite célèbre par son éloquence et le style ampoulé de ses sermons, en somme l'introducteur responsable du gongorisme au Brésil, école qui faillit être fatale à la poésie et dont les poètes brésiliens ont mis plus de deux siècles à se dégager.

Caramurù, c'est l'ancêtre, « *o primeiro povoador da Bahia* », un Blanc dont on ne sait ni le nom chrétien, ni l'origine.

Tout simplement il était là.

Quand la première flotte des Portugais entra dans le Recôncavo pour venir y jeter l'ancre, il était là, caché, qui guettait, car la plage était déserte.

Mais dès que les embarcations eurent accosté et que matelots et soldats débarquèrent, il vint.

Toute la flotte en fut témoin.

On le vit sortir des bois qui bordaient le rivage et s'approcher.

Un Blanc.

C'était un vieillard de haute taille, légèrement voûté, qui marchait allègrement, s'appuyant sur une arquebuse.

Derrière lui venaient ses 75 fils et ses 75 filles qui allaient tout nus (« ... *les filles une main sur leur vergogne...* », ajoute un vieil auteur), garçons et filles d'une teinte de peau beaucoup plus claire que celle sombre des Peaux-Rouges qui les suivaient en désordre, criant et gesticulant.

Immédiatement le vieux fut entouré, isolé et les Portugais se mirent à l'interroger. Le vieux pleurait, des sanglots le secouaient. Était-ce d'émotion ou suivait-il les singeries des Tupis dont la coutume était de pleurer de joie quand ils se portaient à votre rencontre ? Par moment, il avait l'air de comprendre ce qu'on lui voulait et faisait des efforts pour répondre comme un qui se souvient d'une langue jadis apprise et qu'il a oubliée, et il ne sortait de sa bouche que des paroles incompréhensibles. On finit par en tirer qu'il s'appelait Caramurù, que les jeunes gens qui l'accompagnaient, garçons et filles à la peau plus claire que les autres, étaient ses propres enfants, et que toute la tribu des sauvages tapageurs qui faisaient un tel boucan en

pleurant et en se lamentant tout autour d'eux pour
leur souhaiter la bienvenue, était de sa parenté.

Et c'est tout, c'est tout ce que l'on put apprendre de lui, et c'est tout ce que l'on sait de certain
sur Caramurù, personnage historique, c'est bien
tout, et mon ami, le capitaine de corvette Eugenio
de Castro, l'homme qui connaît le mieux l'histoire
maritime du Brésil, le savant éditeur et le perspi-
cace mais prudent commentateur et annotateur du
*Diario de Navegaçào da Armada que foi a terra
de Brazil em 1530*, le journal de bord de Pero
Lopez de Souza qu'il a publié à Rio de Janeiro en
1927, m'a certifié qu'en effet on ne savait rien
d'autre, et quand j'insistais pour en apprendre
davantage sur ce personnage énigmatique et dont,
naturellement, la légende s'est emparée, le marin
me répondait que j'en disais déjà trop, que j'en
savais plus que lui et mon ami me recommandait
en riant de me méfier du romancier que j'étais.

— Je comprends votre emballement, Cendrars,
mais, attention ! on ne sait rien, rien, affirmait-il,
pas même sa nationalité, et s'il était en fait un
naufragé comme tout le monde en est convaincu…
Et pourquoi pas un déserteur ou un criminel abandonné dans une île ? Espagnols et Français han-
taient ces côtes en même temps que nous, Améric
Vespuce dès 1501, les Malouins qui venaient dans
ces parages couper du bois de teinture peut-être
dès avant Cabral ?… Voyez, on ne peut parler de
ce phénomène, le premier colon de Bahia, sans se

livrer à des hypothèses et voilà que j'en fais à mon tour alors que je me suis tant moqué de celles des autres. Je ferais mieux de me taire, ainsi que je me le suis promis mille fois, car je suis porté à considérer Caramurù un peu comme un ennemi personnel tellement le bougre m'a fait perdre du temps dans les bibliothèques et les archives à Lisbonne et chez nous. En vérité on ne sait rien. Songez que l'on ne sait pas même son nom, car Caramurù n'est pas un nom de chrétien. Aussi, quoi d'étonnant si parmi les premiers chroniqueurs certains l'ont baptisé Diego Alvarez Corrêa, un nom jeté en l'air. Pour eux c'était une nécessité ; pour nous c'est une tradition. Mais ce nom ne perce pas l'incognito du personnage ni ne révèle l'identité de l'inconnu ni ne précise rien. Après des années et des années de recherches on a fini par trouver dans les archives de la Torre do Tombo à Lisbonne un rôle d'équipage où ce nom était coché parmi 21 autres. Un point c'est tout. On en a conclu que ce nom vulgaire était celui de l'homme dont parlaient certains des premiers chroniqueurs. Mais rien n'est moins certain. Au lieu de percer le mystère, ce nom mis en avant ne fait qu'ajouter à la confusion, car le papier retrouvé ne mentionne pas si les hommes figurant sur le rôle d'équipage cité ont jamais embarqué, ni à bord de quelle nef, et si le bateau sans nom a jamais appareillé pour les Grandes Indes ou le Brésil, ni s'il est jamais arrivé à destination, ou s'il a fait naufrage. Et peut-être qu'il n'est jamais parti !... L'érudition qui permet de pareilles trouvailles est certes une très belle chose. Il y faut beaucoup de temps et une longue patience, et avoir en outre la main heureuse. Il ne faut jamais se hâter de conclure et savoir admettre l'erreur, le faux, l'ignorance, un *black-out* complet comme dans notre cas. C'est trop souvent notre lot, à nous modernes. Et quelle vanité que notre travail de rats de bibliothèque, de poux d'archives, et combien j'envie ces hommes de la Renaissance avec leur manie de toujours trouver des étymologies fabuleuses et à la mode du jour. Faisant étalage de leur savoir ils ne s'embarrassaient pas de scrupules. Savez-vous comment d'autres chroniqueurs, également parmi les tout premiers de l'époque du peuplement du Brésil, ont interprété le nom de Caramurù, le traduisant, disent-ils, du langage imagé des Indiens ? *Le Dragon sorti de la mer*. Quelle superbe !...

— Mais je trouve ça pas mal du tout ! m'écriai-je. « *Sorti de la mer* », ce qui laisse entendre que l'homme était peut-être réellement un naufragé ; « *le Dragon* », parce que l'homme s'est peut-être servi de son arquebuse contre les sauvages. En tout cas il a dû leur faire peur en apparaissant...

— Bien sûr, bien sûr, me dit le capitaine en souriant. Je vous vois venir ; déjà vous vous égarez en pleine légende, vous en savez trop. Malheureusement pour nous, cette étymologie est fausse. Ouvrez n'importe quel vocabulaire tupi. Caramurù signifie : *tombé dans le trou* ! Alors, comment allez-vous interpréter ça, vous, monsieur le poète français ?...

Et il éclata de rire.

— Je suppose que vous n'allez pas écrire une vie romancée comme il est de mode à Paris, ajouta le marin érudit avec une certaine amertume.

Comme les Anglais, les Brésiliens ont une mentalité d'insulaires et sont jaloux, susceptibles et facilement railleurs vis-à-vis d'un étranger. Étant dans leur for intérieur toujours sur la défensive, ils sont chatouilleux et vindicatifs, et comme les Corses, les gens du peuple prennent facilement le maquis pour une question de susceptibilité et de point d'honneur. Il ne faut jamais leur manquer, ni en paroles ni en actes. Les sentiers de l'hinterland sont jalonnés de croix de bois, et les vendettas personnelles et les feudes entre familles sont inextinguibles.

Cette mentalité spécifiquement insulaire est due à leur isolation, à leur retranchement du monde durant quatre siècles, à l'immensité des distances qui séparent une région de l'autre, à la diversité des sites, au climat, aux singularités géographiques et autres conditions locales uniques au monde, aux maladies tropicales, hépatisme, fièvres, anémie, plaies de Baùrù, chancres du territoire d'Acre, la *zamparina* ou lèpre morveuse, aux interminables voyages que les *bandeirantes* paulistes entreprenaient en pirogues par les rios sinueux et inconnus qui se perdent dans les forêts vierges et d'où souvent une expédition ne revenait pas (d'où le nom du *Rio das Mortes*, par exemple), ou, tout au contraire, ces premiers pionniers nomades se fixaient, faisaient souche avec les femmes indigènes, peuplaient toute une zone de la *terra ignota* et ne donnaient plus signe de vie, tout un peuple oublié dans l'arrière-pays et que l'on redécouvrit avec stupeur au XVIIIe siècle, à l'époque de la ruée vers l'or et les mines d'argent, les montagnes d'émeraudes et les chercheurs de diamants dans la haute vallée et sur les deux rives du rio S. Francisco, d'où ils avaient rayonné jusque dans les pampas du Sud et les déserts du Nord plantés de cactus (ces gens disparus, établis dans « les vastes terres » qu'ils avaient rendues fertiles en incendiant les forêts, avaient donné naissance à une civilisation paysanne très particulariste, celle des *vaqueiros*, ou cow-boys, dont les types les plus caractéristiques sont les *jagunços*, dans le Nord, et les *gauchos* dans le Sud, les uns et les autres redevenant facilement nomades et s'improvisant alors bandits de grand chemin, de la fin de l'époque coloniale à nos jours ; des fameux *cangaceiros* ou *salteadores* comme *Lampião* dans la province de Bahia, une espèce de Cartouche justicier, protecteur de la veuve et de l'orphelin, très populaire dans la région et *Comem Orelhas*, « *Bouffe-Oreilles* » qui a longtemps terrorisé la prairie de Rio Grande do Sul, célèbre par sa cruauté), aux rares et lentes ou mauvaises communications par voies ferrées, routes macadamisées, chemins en terre battue pour le trafic automobile dans les temps modernes, l'ancienne piste de pénétration courant parallèlement, réservée aux lourds chars à bœufs surannés et aux convois de mules comme par le passé. Même l'avion d'aujourd'hui est loin d'avoir remédié à cet état de choses, car si le nouvel engin supprime apparemment la distance et le temps en dix heures de vol de Rio de Janeiro à l'Amazonie ou au Mato Grosso, l'avion d'aujourd'hui remonte le cours des âges et vous dépose impromptu en Amazonie comme au Mato Grosso (... combien ? 10 000, 100 000, 1 million d'années en arrière ? Oh, qu'importe !...) en pleine époque néolithique où l'homme travaille encore le bois avec des outils de pierre, des coquillages affûtés, un tison de feu pour se creuser une pirogue et où le primitif, l'Indien, l'homme nu que l'on voit évoluer en pleine nature, chasser et pêcher à l'arc, tendre des filets et des pièges, modeler de la poterie qu'il fait sécher au soleil ou qu'il suspend dans le vent, boucaner ses provisions de viande et de poisson sur son *girão*, préparer le manioc, distiller des poisons et des drogues sur l'aire devant sa hutte, s'enivrer de *teimosa* ou d'*umbusada*, cracher, mastiquer, fumer, fainéanter, s'étendre dans son hamac de plumes en compagnie de son perroquet et de son serpent familiers, mais ne dormant que d'un œil et toujours ses armes à portée de la main (et c'est souvent une *espingarda* aujourd'hui, un mauvais fusil de traite), ce sauvage n'est pas libre, il a l'esprit tout entortillé de liens qui le paralysent, ses propres interdits, les TABOUS, des refoulements, ce qui fait qu'il est méfiant, farouche, prompt comme l'éclair dans sa colère et toujours prêt à s'éclipser, emportant l'idée d'une revanche dans sa fuite rapide, et il rumine sa vengeance, et quand elle est mûre, il vous dresse une embuscade et vous tombe dessus à l'improviste, et l'on n'est plus qu'une bête bonne à manger et qu'il décapite d'abord, à moins qu'il réduise la tête à la dimension d'un gentil petit joujou comme font les Jivaros du rio Negro ou qu'il souffle dedans comme font les Xavantes dans les solitudes inhumaines de la serra de Roncador, du Ronfleur, et les Parintintins du rio Madeiro, la sinistre rivière des Troncs... (Au retour, on pourra tuer le temps en comptant les éclaircies et les clairières que l'on découvre du haut des airs et qui forment dans le tapis monochrome de l'immense forêt vierge, cet océan de chlorophylle, des trous ronds et des entonnoirs au fond desquels gisent les campements enfumés des selvicoles comme des îles englouties. Pas de fumée sans feu. Chaque hutte, chaque foyer familial, chaque *tapera* est une éclaircie dans les arbres et une *maloca* ou aidée, une clairière d'un cercle un peu plus grand. Puis un premier poste de Blancs, missionnaires ou militaires, dans une clairière encore plus grande, à cheval sur la frontière de la civilisation. Puis une concession dans une clairière agrandie par les *quemadas*, les incendies de forêt, une cité improvisée de baraquements, où même la fausse monnaie a cours, car il n'y en a pas d'autre, et où se font les échanges et le troc entre les aventuriers, les coureurs de bois et les colporteurs syriens et japonais, les derniers venus. Et ainsi de suite, de hameau en village, de grandes fazendas d'élevage ou de café en petites villes de l'intérieur relativement récentes et prospères, les clairières gagnent en étendue jusqu'à la limite du *sertão* et des *campos*, en bordure desquels on aperçoit une chapelle ou une église, anciens lieux de pèlerinage plus ou moins historiques. Tous les établissements des Brésiliens et jusqu'aux ports du littoral et aux grandes villes modernes ont tous et toutes comme origine l'emplacement antique d'un peuplement ou d'un campement des Indiens ou d'un site caché dans l'épaisseur de la brousse et de la jungle où les fugitifs, les *canhemboras* et les *quilombolas*, les rouges et les noirs marrons se réunissaient, que les chasseurs d'esclaves traquaient et que les chercheurs d'or et de diamants suivaient à la trace, comme aux U.S.A., les chemins de fer transcontinentaux du XIXᵉ siècle ont tous été construits et les traverses et les rails réunis par les tire-fond posés un à un sur les anciennes pistes de transhumance des buffalos. Enfin, bien dégagés, voici les gratte-ciel de Belo Horizonte, de São Paulo et de Rio de Janeiro… Durant mon équipée de cinq jours j'avais pu me rendre compte qu'à l'image de la capitale fédérale morcelée comme un puzzle tout le Brésil est cloi-

sonné, compartimenté par les chaînes des montagnes et les cours sinueux des innombrables rivières
et des fleuves géants qui divisent l'intérieur du pays,
vaste comme un épais continent, en une multipli-
cité d'îles et d'îlots, sans rien dire des barrières
morales derrière lesquelles un chacun se cantonne
et vit pour soi, qui dans sa hutte et qui dans son
ranch, son défrichement, sa ferme, sa plantation, son
village, sa petite ville, sa province, sa capitale rivale
de la capitale de l'État voisin, le Nord du Sud, São
Paulo de Rio de Janeiro et vice versa... et je débar-
quai dans un Rio illuminé, en plein carnaval !)

Et Caramurù ?

— « Pour nous, c'est une tradition », m'avait
dit mon ami Eugenio de Castro avant mon brus-
que départ, et j'avais cru à un type populaire ;
mais c'est en vain qu'à ma descente d'avion, en
plein carnaval, je cherchais maintenant ce type
dans les rues, un cortège de masques qui rappelât
son histoire, un char qui le représentât sous les
traits de « *L'Homme tout nu tombé du Paradis* ».

Montaigne parle de la foire des Toupinambas à
Rouen (Normandie) ; au carnaval de Bâle (Suisse)
on peut voir défiler dans l'apothéose des roulements
des tambours et la stridence des fifres *der wilde
Mann, l'Homme sauvage*, le vieil Adam feuillu des
forêts germaniques, à la barbe fleurie et ventru
comme Gambrinus, mais, ici, emplumé, tel que l'a
dessiné Albert Dürer pour des pièces d'orfèvrerie,
émerveillé et resté profondément impressionné par

les premiers trésors des Aztèques envoyés en Europe et qui ne furent pas fondus en lingots pour être présentés à Charles Quint et que le peintre avait eu l'occasion de voir à Francfort en 1520[1] ; à Binche (Hainaut) le dimanche des « Gilles » est une fête traditionnelle qui attire chaque année des milliers de curieux avides de voir défiler dans les rues de la petite ville carolingienne une réplique des cortèges sacrés de Mexico, prêtres du Soleil et prince de la Lune, la corporation des tailleurs faisant escorte au roi des rois, Montezuma, tous en manteaux et tiares et traînes de plumes exotiques.

Mais pas de Caramurù à Rio au Carnaval 1927, où des milliers et des milliers de nègres s'étaient déguisés à l'indienne, pagnes de plumes, colliers de

---

1. Extrait des *Carnets* d'Albrecht Dürer : « ... Item, j'ai encore eu l'occasion de voir des choses envoyées du Nouveau Pays de l'Or à l'Empereur : un Soleil en or massif et gros comme une boule de pain, une Lune tout en argent et tout aussi grosse ; de même des échantillons extrêmement curieux de leurs armes, cuirasses et boucliers ; de même de très curieux vêtements, robes, draps, étoffes, et tout un assortiment d'ustensiles à usage domestique. Ces objets sont si précieux qu'ils sont estimés 100 000 gulden. Mais jamais de ma vie mon cœur ne s'est autant réjoui qu'à la vue de toutes ces choses parmi lesquelles je découvrais d'admirables objets artistiques et je m'émerveillais de la subtile ingénuité des hommes de ces pays lointains. Je ne puis en dire assez de ces choses que j'avais sous les yeux... » (Cité par Pal Kelemen : *Medieval American Art*, Macmillan Co, pub., New York, 1943.) *Citation faite d'Amérique par téléphone sur un appel de moi. C'est pourquoi je ne puis garantir le mot à mot du message ni l'exactitude à la lettre de ma traduction ; il y avait trop de parasites ce jour-là, à la suite d'un orage qui sévissait sur l'Atlantique.*

plumes, bracelets de plumes aux poignets et aux chevilles, plumes de perroquet et de vautour ou d'urubù plantées dans la tignasse, et pas de Caramurù non plus à Bahia, sa ville, au Carnaval 1930, où des légions de nègres, hommes et femmes, somptueusement habillés de robes à traîne faites des plumes scintillantes de colibris et brandissant en guise de palmes des bouquets de plumes d'autruche emmanchés au bout de longues perches dorées ou des éventails faits de tremblotantes et fragiles plumes d'aigrette, défilaient religieusement de la ville haute au vieux port, descendant lentement la rampe entre les maisons décorées à l'orientale, fleurs, cierges, images saintes, lampions, chaînes de papier argenté, tapis et cages d'oiseaux aux fenêtres, fanions des loges, emblèmes maçonniques, pavillons des clubs, drapeaux, psalmodiant des hymnes à ritournelles devant chaque église où ils stationnaient longuement. La nuit, c'était une tout autre musique et des danses endiablées, *sambas* et *cateretés*, et le *sapateado* chaloupé qui se termine en *serenar*, en valse de rêve, sans un soupir, sans un frôlement et tout en contraste avec son début enragé et son développement piétineur, chahuteur, et jusqu'au petit jour les poètes du cru se lançaient des défis passionnés, excités qu'ils étaient par les guitares et la *viola*, un petit violon suraigu, les applaudissements, les cris d'enthousiasme, les commentaires de la foule et aussi, il faut bien le dire, par les libations de *jacuba*, un punch local (mi-

49

alcool de riz, mi-alcool de maïs, le tout copieuse-
ment saupoudré de sucre brûlé), et ils improvisaient
des drôles de versets où toutes espèces d'étranges
créatures étaient nommées, du Ciel, de la Terre,
de l'Océan et du Firmament, mais jamais Caramurù.

Il ne m'avait pas été facile de me procurer un
vocabulaire tupi chez les libraires de Rio de Janeiro.
De guerre lasse j'avais fini par me contenter d'un
dictionnaire géographique donnant l'étymologie tupi
des noms de villes, villages, hameaux, passages, cols,
montagnes, vallées, rivières, chutes d'eau, anses,
gués, lacs, marais, îles, plages, lagunes, dunes,
déserts, pistes, sentes, grottes, rochers, clairières et
autres lieux-dits du pays de São Paulo. Un méchant
torrent qui tombe de haut dans un trou profond et
déborde en aval pour former des cascades et des
rapides sous le nom de *rio Pardo* et plus loin en
aval sous celui de *Juqueri-queré* entre les municipes
de S. Sebastião et de Caraguatatuba et *Curupacé* à
son embouchure dans l'océan, porte à sa source, au
moment où il tombe de la mi-côte de la serra dans
le vide, ce même nom de Caramurù, dont voici
l'étymologie analysée grammaticalement :

« *Caramurù* : corruption de *Qûa-ramo-yrù* ; de
qûa = gouffre, trou profond ; *ramo*, préposition
signifiant "dans" ; *yrù* = s'engloutir, s'emporter,
se plonger, s'engager dans, s'emboucher, se déchar-
ger, pénétrer dans, entrer dans, faire entrer de force
dans, se mettre, se fourrer, se cacher dans un lieu
étroit (allusion au fait que les eaux de ce torrent

tombent de haut dans un trou profond, puis débordent et se frayent un passage étroit et s'insinuent pour s'écouler plus loin et se creusent un lit pour couler plus bas)... »

À propos du nom de ce torrent, il se vérifie que le surnom tupi donné à Diego Alvares Corrêa, le peupleur de Bahia, ne signifie pas *le Dragon sorti de la mer* comme certains chroniqueurs l'ont prétendu, mais signifie littéralement : *mettido no buraco*, soit : *tombé dans le trou, caché dans le trou, fourré dans le trou, niché dans le trou,* au choix, selon ce que l'on veut laisser entendre de la fausse situation dans laquelle un homme s'est mis, comme c'est le cas de notre personnage.

Et l'auteur[1] de citer la chronique du frère Antonio de Santa Maria Joboatam qui raconte dans son *Novo Orbo Seraphico Brasilico* :

« ... Selon une tradition qui perdure des premiers habitants jusqu'aux gens d'aujourd'hui la nef de Diego Alvares ayant fait naufrage à l'entrée de Bahia, sur les écueils du rio Vermelho, et les gentils étant accourus sur les lieux avec leur chef, lequel était accompagné de sa fille, laquelle se risquant avec son père parmi lesdits rochers à fleur d'eau, et la mer étant toute déserte aux alentours, et les gentils se préparant à aller ramasser les

---

1. V. Dr. João Mendes de Almeida : *Diccionario Geographica da Provincia de São Paulo*, p. 60. (Typographie à vapeur Espindola, Siqueira & C°., São Paulo, 1902.)

dépouilles éparses, ladite Indienne fit un pas en avant et vit Diego Alvares dans la concavité d'une desdites roches où la peur et l'appréhension l'avaient poussé à se cacher, à la vue de tant et de si nombreux sauvages... Cependant l'Indienne, ou pleine d'admiration à sa vue, ou émue ou compatissante à sa mauvaise fortune, appela son père, et, désignant du doigt Diego Alvares coincé dans le trou de ladite roche, s'écria ainsi : *Caramurù-guaçù !...* »

Et l'auteur commente ainsi les paroles qui auraient été prononcées par la jeune Indienne saisie d'émotion ou de surprise : « Sans vouloir en l'espèce en laisser entendre plus que n'en a écrit le frère A. de Santa Maria Joboatam dans son texte à ce sujet, on peut croire à la vérité de la tradition, même avec l'additif *Guaçù*. L'Indienne a dû s'écrier : *Qûa-ramo-yrù, guaçù !...* Comme qui dirait : *Regardez ! une jeunesse est dans le trou !...* Et rien d'autre. *Guaçù* = un *jeune homme* ou un *homme bien fait...* »

Hélas ! je n'ai pas connu l'auteur, son dictionnaire étant une œuvre posthume, et je le regrette, car j'aurais bien voulu remercier l'aimable et très savant folkloriste de son étymologie de pince-sans-rire ; très sincèrement, pour moi *guaçù* est un trait de lumière.

Caramurù.

En vérité, on ne sait rien, rien d'autre, sauf qu'il était là, ce Blanc, sorti des bois où il vivait avec sa progéniture et sa parenté indienne, toute une tribu dont il avait pris la tête et qui l'avait surnommé

Caramurù et qui l'avait adopté parce qu'il était *jeune et beau*, si l'on en croit l'additif de la jeune fille indienne. En somme, on devrait l'honorer comme le fondateur du Brésil, le procréateur de la nouvelle race, le progéniteur de l'Homme Nouveau, l'« engendreur » éminent qui a ensemencé le pays de rejetons qui ont fait souche et dont la descendance était déjà si nombreuse à Bahia qu'à l'arrivée de l'Inquisition en 1591 des milliers d'individus dont on ne connaissait ni les tenants ni les aboutissants n'ont eu qu'à se réclamer de lui, de l'homme à l'arquebuse, pour ne pas avoir à se présenter devant le terrible tribunal du Saint-Office, dont acte[1].

On sait le rôle de premier plan que joue l'Ancêtre dans les cérémonies initiatiques des peuplades animistes ou fétichistes des Indiens natifs d'Amérique et des Noirs, importés d'Afrique au Brésil, c'est le TOTEM, auquel on s'identifie par la communion du sang (incisions, scarifications, cicatrices, tatouages), qui vous apparaît dans les songes, avertisseur ou prophétique (fraternisation avec les morts) et auquel on rend un culte de jour et de nuit (nagualisme), cérémonies initiatiques qui se pratiquent encore aujourd'hui à Bahia, quoique sous une forme trouble et dégénérée, le *candomblé*. C'est le culte du souvenir et de l'évocation des morts et de leur résurrection positive, sinon permanente. Jamais

1. Cf. J. F. de Almeida Prado : *A Idade de Ouro da Bahia*, p. 285. *(Co Editora Nacional, São Paulo, 1950.)*

aucun Européen n'a pu assister à ces mystères, ni les pénétrer[1]. Cela n'a rien de commun avec l'hystérie ou le spiritisme. C'est du Diable. C'est une foi vivante. Quoi d'étonnant si par la suite et dans un tel milieu et ce, malgré l'enquête du Saint-Office et en forçant la main aux jésuites, les petits-fils et les arrière-petits-neveux de Caramurù ont su faire rendre un hommage pathétique à leur grand aïeul en réussissant à faire placer son tombeau dans la cathédrale de Bahia, ancienne collégiale des jésuites, église toute en pierres taillées importées du Portugal, riche sanctuaire élevé au XVIIe siècle et construit grâce à la main-d'œuvre des Indiens animistes et des Noirs fétichistes, également esclaves sous le fouet des Blancs, sinon comment expliquer la présence des ossements d'un homme aussi obscur entre les tombeaux et les reliques d'hommes illustres ?

Paris, **23** *mai-7 septembre* **1951**

Post-scriptum à propos de la visitation du Saint-Office en **1591**.

En vérité, l'intervention fut assez bénigne : il y eut **212** dénonciations, **101** confessions publiques

1. H. G. Clouzot : *Le Cheval des dieux* (1 vol. ill., René Julliard, édit., Paris, 1951), reportage passionnant qui contient de saisissantes photographies d'initiation *candomblé*.

et aucune condamnation à mort ou autodafé. Les procès-verbaux ont été publiés dans *Primeira Visitaçào de Santo Officio a Bahia : Denunciaçoes et Confessoes* (2 vol., São Paulo, 1925 et 1929). Ces procès-verbaux sont une révélation sur la mentalité et la sexualité des Indiens, des nègres, des juifs déportés, dits *Cristaos Novos*, les *Nouveaux Chrétiens*, parce qu'ils avaient répudié la foi de leurs pères pour avoir la vie sauve (et beaucoup avaient voulu se racheter en finançant les entreprises maritimes du roi, étaient en somme les armateurs des expéditions qui devaient aboutir à la prise en possession et au peuplement du Brésil et à leur propre déportation), des Maures envoyés en exil et de la racaille qui débarquait du Portugal, dont beaucoup de faux monnayeurs expulsés, ainsi que des Gitanos, qui conservaient néanmoins leur privilège royal d'éleveurs de chevaux. La conduite des Blancs, les officiels, les nobles, les officiers, les soldats de fortune, les riches planteurs (il y avait déjà une soixantaine de plantations de cannes à sucre dans la région de Bahia à la fin du XVIᵉ siècle), les grands propriétaires terriens et même le clergé, leurs excès, leur luxure, l'adultère, la polygamie, l'état de concubinage dans lequel tout le monde se complaisait et qui dégénérait en débauches avec les femmes de couleur, Indiennes, négresses, *caboclas*, l'inconduite des Blancs n'avait pas de frein, car selon l'aphorisme de Gaspar Baeleus, le chapelain de Maurice de Nassau : *Ultra aequinoc-*

tialem non peccavi. L'enquête des inquisiteurs du Saint-Office est beaucoup plus concluante sur la misère de la condition humaine et les misères de la nature humaine que le trop fameux rapport du professeur Kinsey qui, sous son apparente objectivité, est un essai de chantage scientifique, car jamais la physiologie, la chimie ni la physique n'ont pu fournir une ligne de conduite à l'homme…

PHOTOGRAPHIES DE JEAN MANZON

*accompagnées des commentaires
de Blaise Cendrars*

*Voici Rio de Janeiro
dominée par le Christ du Corcovado.*

"Au Christ Rédempteur du Monde" — "*ao Cristo Redemptor do Mundo, Senhor do Ceo e da Terra*". Joao de Barros, l'historien des fastes du Portugal, assure que le roi Manuel Ier n'obéissait à aucun mobile économique en envoyant ses flottes à la découverte du Brésil. Il dit textuellement : "*En mandant découvrir 1 600 lieues de côtes où vivaient beaucoup de Rois et de Princes du genre des Gentils, Don Manuel-le-Fortuné n'avait pas d'autre exigence en vue que de les faire endoctriner dans la Foi du Christ Rédempteur, Seigneur du Ciel et de la Terre.*" C'est ce vœu royal que le monument symbolique du Corcovado confirme et perpétue. La mission pacifique du Brésil dans le monde est une tradition.

Rio et ses « mornes », le Morne de la Veuve
(Morro da Viúva)...

Il faut savoir que si Paris est la Ville Lumière, deux capitales de l'hémisphère austral, et plus riches de lumières que Paris, se jalousent et luttent pour mériter ce titre et battre le record du luxe électrique. Je veux parler de Sydney, en Australie, et de Rio de Janeiro, en Amérique du Sud. Dès que le Conseil municipal de Sydney vote un nouveau crédit pour intensifier encore l'éclairage débordant de la reine des mers du Sud, le préfet de Rio de Janeiro dépense le double pour ajouter à la féerie nocturne qui pare sa ville couchée comme une jeune mariée dans le plus grandiose paysage du monde, et des kilomètres et des kilomètres de nouvelles rampes, et des milliers et des milliers de nouveaux cordons électriques viennent s'ajouter au dessin de la baie de Guanabara, des plages, des îles, à toutes ces lignes scintillantes qui convergent et se nouent comme une torsade de perles lumineuses au cou d'une déité indienne, autour du sombre, du majestueux piton du Pain de Sucre.

... et la nuit sur la baie de Guanabara illuminée.

Ces gratte-ciel qui entourent et isolent le morne de la Veuve, gratte-ciel résidentiels, aux appartements ultra-confortables, jouissant de tous les raffinements des installations modernes sont censément inhabitables à cause des milliers et des dizaines de milliers des petites perruches criardes du Morro da Viúva et qui jacassent et bavardent du crépuscule de l'aube au crépuscule du soir et vous tympanisent, vous énervent et vous agacent à vous faire tourner la tête à la longue et vous vider le cerveau en fin de journée. On ne peut avoir une idée à soi sans qu'elles aillent le crier sur les toits !...

*Dans le centre de Rio, l'avenue Rio Branco
et ses gratte-ciel...*

En 1910, l'Avenida faisait la pige au Boulevard parisien ; aujourd'hui, 1952, elle fait la pige à Broadway.

Plus loin « Le Castello » et l'aérodrome...

Le « Castello », morne abrasé, dont les débris déversés dans le golfe ont permis de gagner sur la mer un terrain d'atterrissage en plein centre de la capitale, au bout de l'Avenida.

... et le moderne ministère de l'Éducation et de la Santé.

Dans toutes les capitales du monde le grand dada des hommes d'aujourd'hui est l'architecture, qui non seulement change de peau, mais aussi de squelette, de forme, de structure, de matériaux, d'usage, de destination. Bientôt on ne distinguera plus un garage d'une cathédrale (cf. la chapelle de Saint-François d'Assise à Pampulha, M. G. œuvre de l'architecte brésilien O. Niemeyer). L'architecture étant une projection de l'esprit, tout cela en dit long sur la révolution profonde que subit actuellement la mentalité humaine dans tous les pays. De quoi demain sera-t-il fait ? Nul ne le sait. Aujourd'hui on a la fièvre. Dans le monde entier. C'est un fait. Quel en est le diagnostic ?

*Le stade Maracana, le plus grand stade du monde
(160 000 places).*

Le stade Maracana, le plus grand stade du monde (160 000 spectateurs), a été spécialement construit pour le Championnat du monde de football (Rio, juillet 1950) où l'équipe de l'Uruguay fut proclamée vainqueur. Tous les pays de l'Amérique du Sud sont passionnés de football et plus particulièrement le Brésil, l'élite comme le populaire. Un nègre enthousiaste a baptisé en ma présence le stade de Maracana : la cathédrale du ballon rond ! Sa frénésie touchait le mysticisme. Ainsi sont les gens de cette terre ardente.

Première nuit de Carnaval à Rio,
le Bal du Théâtre Municipal

Le Carnaval de Rio de Janeiro. C'est le pilote Gonçalo Coelho qui, le 18 janvier 1502, pénétrant dans la baie de Guanabara et se croyant dans l'estuaire d'un fleuve, qui a nommé le plus beau site du monde Rio de Janeiro, le fleuve de Janvier. Le vieux pilote ne savait pas si bien dire car dans Janvier je vois Janus, le dieu à double face, l'homme masqué et, pour moi, Rio de Janeiro est la capitale du Carnaval. 1 500 000 masques envahissent les rues et sont maîtres de la ville durant les quatre jours que dure la liesse populaire, fête sans pareille au monde, même pas dans l'antiquité dont les bacchanales et les januales sont célèbres.

Au Brésil, le Carnaval est d'origine indienne, et, comme aux Indes, les jésuites du XVIe siècle surent accaparer et adopter et adapter les fêtes et les manifestations païennes des indigènes pour la propagande et l'apologie de la foi chrétienne. Anchieta, l'apôtre du Brésil, est l'auteur de plusieurs scénarios de catéchisation poétique, musicale, dramatique et chorégraphique conservés dans les archives de la Compagnie.

À ce propos et vu son exotisme et ses curieuses couleurs locales, je traduis et j'extrais de la relation du Père Cardim le passage suivant, concernant les festivités de S. Sebastien célébrées à Rio en 1583 à l'occasion de la visitation du Père Christovam de Gouveia : « ... *Nous transportions à bord du navire*, raconte Cardim, *une relique du glorieux S. Sébastien, enchâssée dans un bras d'argent... Un soir*

Une scène typique de Carnaval,
dans les rues du quartier populaire de Madureira...

d'octave on célébra une fête fameuse. *Sa Seigneurie
le Gouverneur et un grand nombre des Portugais
éminents firent une assourdissante exhibition
d'arquebusades et paradant avec leurs tambours,
leurs fifres et leurs bannières, ils descendirent à la
plage. Le Père Visitateur, avec ledit Gouverneur et
des principaux de cette terre et quelques-uns des
Pères, nous nous embarquâmes dans une grande
barque bien décorée et bien parée de rames, à bord
de laquelle on dressa un autel recouvert d'un tendelet. Accostèrent une vingtaine de pirogues, certaines
repeintes de frais, d'autres toutes empanachées de
plumes et les pagaies de différentes couleurs. Parmi
eux était présent Martim Affonso, commandeur du
Christ, un Indien antique, Abaété ou Moçacara ou
grand chef, un brave et vaillant guerrier, qui avait
donné un fameux coup de main aux Portugais lors
de la prise de Rio et leur avait été d'un grand secours.
Sur la mer battait une grande fête, combat naval
simulé, escarmouches, avec tambours, fifres, flûtes,
accompagnés des grands cris que poussaient les
Indiens, et les Portugais du rivage ainsi que ceux de
la forteresse déchargèrent quelques pièces de grosse
artillerie. Et au milieu de cette fête nous allions
tout doucement à la voile, tirant des virées, et la
sainte relique, comme portée par un brancard de
procession convoyée par un grand apparat de voiles
déployées, de musique, de chants, de psaumes…
Désembarquant, nous allâmes en procession jusqu'à
la Miséricorde, qui est attenante à la plage,*

*... les enfants et les grands
prennent les tramways d'assaut.*

portant notre relique dessous son tendelet : le bran-
card fut saisi par ceux de la Chambre, les princi-
paux citadins et les anciens et les conquérants du
pays. Il y avait un théâtre, tendu d'une bâche, à la
porte de la Miséricorde et la sainte relique fut dépo-
sée sur un magnifique autel, richement paré, cepen-
dant que l'on représentait en un dialogue dévot le
martyre du saint représenté par des chœurs et
d'autres personnages somptueusement habillés...
Et il fut présenté aux archers un jeune homme ligoté
à un pieu, spectacle qui fit couler beaucoup de lar-
mes de dévotion et réjouit toute la cité pour avoir
marqué au vif le martyre du saint, et il ne manqua
pas non plus de femmes pour venir admirer ce spec-
tacle. Le dialogue terminé, et comme notre église
était petite, c'est dans ce même théâtre que je les
exhortai de se remémorer des miracles et des grâces
qu'ils avaient reçus du fait de ce même glorieux
martyre et l'exhortation terminée, le Père Visita-
teur présenta la relique pour la faire baiser au peu-
ple, et après, nous reprîmes notre procession pour
nous rendre à la danse, dans notre église... C'était
pour aller voir une danse des petits Indiens. Le plus
âgé devait avoir dans les huit ans. Ils étaient tout
nus... peints de certaines couleurs agréables, avaient
tous des grelots aux pieds, les bras, les jambes, la
ceinture, la tête ornés de différentes inventions en
forme de diadèmes de plumes, colliers et bracelets.
Il me semble que si on les voyait dans ce Royaume,
que tout le monde s'empresserait derrière eux,

*Exubérance et rythme : un Noir lance
une des nombreuses rengaines à la mode.*

car je n'ai jamais vu chez nous une danse aussi charmante que celle de ces petits Indiens du pays. Avant de quitter l'église, la sainte relique fut déposée dans la sacristie pour la consolation des habitants qui nous l'avaient demandé... »

Comme la fête de Piedigrotta à Naples est l'occasion d'un grand concours de chansons, de musiques, de danses populaires, le Carnaval de Rio est célèbre par son défilé ininterrompu de masques, de chars, de sociétés, clubs, loges, confréries, groupements de quartiers, mômeries qui s'exhibent durant quatre jours et quatre nuits infatigablement, lançant les nouvelles *sambas*, les nouvelles chansons, des rengaines qui deviendront à la mode et feront leur tour du monde, comme *Le Bœuf sur le toit* qui a fait époque à Paris. Voici ce que le compositeur Darius Milhaud raconte dans ses *Souvenirs du Brésil* publiés dans la *Revue de Paris* : « ... Toujours hanté par les souvenirs du Brésil, je m'amusai à réunir des airs populaires, des tangos, des maxixes, des sambas et même un fado portugais et à les transcrire avec un thème revenant entre chaque air comme un rondo. Je donnai à cette fantaisie le titre de *Le Bœuf sur le toit* qui est celui d'une rengaine brésilienne... » J'ai connu l'auteur original du *Bœuf sur le toit*, c'était un nègre. Il s'appelait Ernesto dos Santos, dit Donga.

*La plage de Copacabana
et la pointe des Harponneurs.*

Une série de plages de sable fin en forme de crois-
sant de lune qui s'étirent du bout de *l'Avenida*, Praia
Flamengo, Fraia Vermelha dans la baie, jusqu'à la
pointe des Harponneurs où viennent se briser les
rouleaux de l'Atlantique, et au-delà, de Leblon à
la Gavéa et à Ipanéma. La plus belle est la plage
de Copacabana. Couché dans le sable on regarde
s'ébattre des prestigieuses femmes blanches, on
entend rire à gorge déployée les insouciantes mulâ-
tresses cariocas, et crier de joie les ribambelles des
petits enfants heureux de vivre, dont des cohortes
de négrillons ressemblants à des angelots que leurs
mères trempent dans la vague et élèvent dans la
lumière incomparable. Le simple fait d'exister est
un véritable bonheur.

1910-1950. Contrastes d'architectures :
avenue Gestulio Vargas...

Je suis peut-être seul de mon avis, mais je trouve les gratte-ciel de Rio beaucoup trop petits et pas à l'échelle du tout d'un site aussi grandiose. Dans le décor du Corcovado, du Pain de Sucre, de la Gavéa, de la chaîne des Orgues, du Doigt de Dieu on pourrait construire des gratte-ciel de 1 000 étages sans déparer le paysage. (Je connais des photographies où cette capitale de plus de deux millions d'habitants se cache derrière les mornes, on ne voit pas une maison.)

*Parmi les bateaux de pêche et de plaisance, voici l'arrivée
d'une « jangada », venant de l'état du Céara.*

Cinq rondins, une voile pour parcourir plus de mille milles marins au grand large. À bord de leur *jangada* les pêcheurs de Céara n'hésitent pas à se lancer à la poursuite d'un cachalot qui les entraîne en haute mer. (Dans le fond, à droite, le Corcovado et son Christ.)

N.-D. de la Penha, célèbre lieu de pèlerinage
populaire dans la banlieue de Rio.

Sanctuaire de la Penha dans la grande banlieue maritime de Rio. L'église est petite et laide, mais la foi transforme tout. (Ainsi, voyez ces footballeurs qui jouent au ballon... un pied chaussé et l'autre nu, tant leur ferveur est grande !...)

Dans une vieille fazenda des environs de Pétropolis.

Véhicule traditionnel (on en rencontre à l'intérieur attelé de vingt couples cahotants) le char à bœufs et sa chanterelle donnent le ton à la poésie populaire brésilienne. Il n'y a rien d'aussi mélancolique...

*Le magnifique portail du monastère de São-Bento,
le plus ancien de Rio.*

Après ce que j'ai laissé entendre du Carnaval d'après les pères jésuites, ne vous étonnez pas de la religiosité du peuple carioca. C'est de tradition.

*Un conducteur de zébus (bïada) s'est arrêté
et installé pour la nuit.*

Pionniers : La civilisation se déplace vers l'ouest. Aujourd'hui, au Brésil, elle atteint le Matto-Grosso, aux forêts inondées, et la région des marécages, le grand bourbier qui date des premiers âges et qui forme en temps de sécheresse le partage des eaux entre le bassin nord-sud des rios Paraguay-Parana et le bassin ouest-est de l'Amazone et à l'époque des crues un seul bourbier, le territoire de l'Acre, qui permet de passer par portage d'un bassin dans l'autre. Dans cette zone immense on trouve des défrichements épars dans les forêts vierges circonvoisines, ce sont des « *fazendas de creação* » ou fermes d'élevage, où l'on remplace les « *caraculs* », la race des bœufs indigènes, par les bœufs zébus, mieux adaptés au climat et beaucoup plus profitables. (Il ne manque que la guitare au barda du « chef », mais peut-être écoute-t-il un « *camarada* » chanter dans la nuit sereine. Leurs chansons sont pleines de nostalgie.)

Un Indien Galapalos au masque étrange et primitif.

Mais la marche de la civilisation se précipite. À *l'âge du moteur* l'avion décolle de la civilisation atlantique, représentée par les gratte-ciel des grandes villes, Rio de Janeiro, São Paulo, Belo Horizonte, Porto Alegre, Salvador, Recife, Bahia, pour survoler comme une flèche la civilisation mixte des petites villes et des fazendas et établissements mieux aménagés de l'hinterland qui datent de *l'âge du char à bœufs et des premiers camions*, la civilisation paysanne ou « *sertaneja* » des hauts plateaux de l'intérieur, très caractéristique de *l'âge du mulet et des grands canots*, grands canots faits d'un tronc d'arbre creusé, taillé, pouvant contenir une quarantaine d'hommes, à bord desquels on s'abandonnait au cours des rivières inconnues qui pénétraient sous bois et vous menaient après des tours et des détours infinis dans la mystérieuse forêt vierge et des mois de navigation aventureuse en pleine civilisation primitive, chez les Indiens, en plein âge *du bois ou de la pierre*, où l'avion se pose aujourd'hui dans la brousse, dans la jungle, dans le bled et débarque de ses flancs sa cargaison : les chargés de mission du général Rondon, le pacificateur des Indiens.

*Une vue aérienne du gigantesque labyrinthe
de l'Amazone.*

Sur les 8 500 000 kilomètres carrés que comporte la superficie du Brésil, 4 500 000 kilomètres carrés, soit plus de la moitié du territoire national, composent, à proprement parler, le bassin amazonien, qui n'est qu'une immense forêt impénétrable. À peine deux millions d'habitants, c'est-à-dire moins d'un vingtième de la population totale du Brésil, vivent dispersés dans ces solitudes aquatiques et sylvestres de la grande forêt équatoriale, où l'impétuosité des eaux détruit tout sur son passage en temps de crue et où le débordant Amazone, aux sources inépuisables, lutte avec la puissance envahissante et sans cesse renaissante de la végétation qui prend racine sur ses rives en forme de digue, qu'elle veut fixer et que lui ronge et dont il détache des pans, grands de plusieurs hectares, qu'il charrie lentement vers la mer, îles flottantes, avec des milliers, avec des dizaines de milliers d'arbres qui se tiennent debout, et qui ne s'affaissent, et qui ne s'écroulent et qui ne versent, les racines en l'air, que dans la houle de l'Océan, souvent fort loin au large.

« *L'Amazonie est réellement la dernière page de la Genèse qu'il reste à écrire* », a dit Euclides da Cunha, le génial écrivain du *sertão* et le plus grand connaisseur de sa terre et de ses gens, le Brésil, son unique passion.

Regardez bien cette photographie du Labyrinthe (p. 96). En effet, c'est un monde en formation que l'on découvre du haut des airs. Où s'arrête

« Les rails d'or » conduisent les chercheurs
de caoutchouc dans la forêt vierge.

l'eau, où finit la forêt (dont vous avez une vue plus rapprochée, donc plus intense p. 100) et que prépare ce ciel à l'horizon, chargé de nuées de chaleur ? Seul l'emploi de l'avion a permis de capter pour vous le climat de cette vue pathétique.

L'implacable forêt vierge, dite « l'Enfer vert »…

Vers 1900, à l'aube de l'industrie des automobiles, c'est la ruée des chercheurs de caoutchouc, cet or noir, qui apporta une fabuleuse richesse dans la région. En moins de dix ans tous les Amazoniens de Manaos, la capitale, sise sur le Rio Negro, étaient tous multimillionnaires et ne savaient plus que faire de leur argent. C'est alors qu'ils amènagèrent leur ville, firent construire le Grand Théâtre pour y donner (comme aux Champs-Élysées) le *Parsifal* de Richard Wagner pour faire la pige à Bayreuth, percèrent des avenues éclairées à l'électricité, avenues qui ne menaient nulle part, débouchant toutes sur la forêt vierge, mais c'était un luxe et une débauche que de les parcourir en auto, en quatrième, l'échappement libre ; imaginèrent de faire paver les trottoirs en mosaïques noires contre le soleil du tropique et la réverbération du sol, un autre luxe, mais qui fut adopté depuis par toutes les capitales du littoral ; édifièrent un casino sur le modèle de celui de Deauville ; donnèrent des bals, des fêtes, mangeaient, brûlaient leur argent en des banquets suivis de feux d'artifice, allumaient leur cigare avec des billets de banque. Les boîtes de nuit, poussées comme des champignons, dégorgeaient de monde sablant le champagne, des trafiquants, des aventuriers venus de tous les pays qu'attirait la renommée du nouvel El Dorado, et cela dura jusqu'au krach de la cote du caoutchouc, survenu, autour de 1920, à la suite de la mise en vente sur tous les marchés du monde du caoutchouc provenant des plantations rationalisées

... où ce chercheur de caoutchouc (seringueiro) *pratique
la saignée d'un hévéa.*

de l'Insulinde, de l'Indonésie, de l'Indochine et l'accaparement par les trusts anglo-américains qui, maintenant qu'ils pouvaient compter sur une production stable, certaine, massive, qui allait en progressant d'une année à l'autre, faisaient fi du pauvre caoutchouc sauvage, cueilli à l'aveuglette dans les grandes et périlleuses forêts de l'Amazonie. La déconfiture fut irrémissible. La décadence de Manaos complète. La ville retourna à sa solitude forestière et à l'oubli. Bientôt la forêt vierge eut sa revanche. Les souches coupées reverdissaient et de vigoureuses pousses faisaient sauter les mosaïques des trottoirs décoratifs. Les digues s'éboulaient dans le fleuve et chaque crue de l'Amazone emportait des kilomètres de remblais et de pontons. Il n'y avait plus aucun espoir. On parlait déjà de la fabrication du caoutchouc synthétique. Alors, ceux des habitants qui n'avaient pas encore abandonné la ville, retenus qu'ils étaient par leurs dieux lares, s'assirent dans leurs cases et attendirent la fin du monde. Quant aux *seringueiros*, perdus dans les exploitations disséminées au cœur des forêts de l'immense bassin amazonien, les saigneurs de l'arbre à lait, des milliers et des dizaines de milliers de pauvres ouvriers, en majorité des gens de couleur, qui n'étaient pas au courant de ce qui se passait et qui n'étaient pas partis avant la crise, ils durent mourir sur place car jamais plus on n'en a entendu parler.

Le même fait s'est reproduit durant la dernière guerre. Pour parer à la crise du caoutchouc due à

En plein cœur de l'Amazonie,
Manaos et ses curieux trottoirs en mosaïques.

l'occupation de l'Indonésie par les Japonais, on décida d'envoyer deux brigades de pauvres cultivateurs du Céara mobilisés dans les forêts de l'Amazonie pour assurer la cueillette du caoutchouc sauvage. Aux dernières nouvelles, il est revenu une seule brigade ; on n'a jamais pu retrouver l'autre. Probablement qu'elle a disparu dans ces solitudes inhumaines, mangée par « l'Enfer vert ».

(Au lecteur qui désirerait mieux connaître l'épopée du caoutchouc et la vie qu'on peut mener aujourd'hui en Amazonie, je recommande la lecture du beau livre de Ferreira de Castro : *A SELVA*, que j'ai traduit et publié en français sous le titre de *Forêt Vierge*, Éditions Grasset, Paris, 1938.)

La fleur de l'Amazone, la « Victoria Régia »
peut atteindre 6 mètres de circonférence.

Pour ne pas terminer ce cahier sur une note par trop tragique, je donne cette photo de la beauté de la flore amazonienne. La nature se moque de la guerre et des autres tragédies de l'homme.

*Un troupeau de bœufs,
à l'échelle de cet immense pays.*

Dans le sud du Brésil le climat est moins chaud et la vie y paraît plus simple et plus facile que dans la grande forêt hostile et mystérieuse. C'est la zone de la pampa, des plaines immenses, un océan d'herbes. C'est là qu'étaient établis « les 7 peuples missionnaires du Sud » évangélisés par les jésuites. Les *gauchos* du Rio Grande do Sul, descendants de ces gens-là, mènent une vie patriarcale et comme hors du temps de silencieuse contemplation et de violentes passions intérieures. Du pays qui paraît monotone se dégage une poésie intense. Les troupeaux y sont superbes ; c'est du « *caracul* » amélioré par un croisement de « *Herdford* » sélectionné, importé d'Angleterre au siècle dernier.

Le « garimpeiro » ou chercheur de diamants
dans l'État de Goyaz.

Il ne faut pas croire que le métier de chercheur de diamants est un métier de fainéant qui enrichit son homme. C'est tout au contraire un des métiers les plus exténuants, les plus décevants qui soient. Le « *garimpeiro* » vit la plupart du temps dans un tel état de dénuement que beaucoup ne possèdent même pas en propre l'écuelle en bois de *tambù*, l'humble, le primitif instrument sans lequel ils ne peuvent rien, vu qu'il leur sert « à laver » tout le long du jour, la caillasse, les sables, la boue diamantifères dans lesquels ils cherchent fortune — et c'est pour la possession d'un de ces vulgaires ustensiles, beaucoup plus que pour lutter ensemble contre les dangers de la sauvagerie de Goyaz, que tant de compagnons de misère s'associent à deux ou trois. Cette boue, ces sables, cette caillasse, il faut les extraire, les charrier, les mettre en tas, sous un soleil de feu, c'est un travail de damné. On lave. Une pierre !... Il ne s'agit encore que d'un diamant brut qui brille en toute innocence dans la boue, le *cascalho*. Ce n'est qu'à Rio de Janeiro, dans la fantastique capitale pleine de femmes, qu'une fois taillée, cette humble pierre précieuse rutilera de tous ses feux dans une belle vitrine éclairée à l'électricité et que ce diamant bleu, l'orgueil du Brésil, vaudra beaucoup, beaucoup d'argent. Ici, dans le « *wilderness* » de Goyaz, avec une poignée de ces mêmes diamants, c'est tout juste si le famélique chercheur peut se payer le luxe d'un cordon de tabac à chiquer, d'une calebasse de mauvais alcool

Portant pelles et écuelles en bois de « tambù »,
ils se rendent au travail.

de Cuyaba et de quelques boîtes de conserves japonaises chez le colporteur syrien quand il en passe un dans ces solitudes, et si le marchand ne vient pas, le chercheur finira par perdre tout au jeu, un jour de cafard, qu'il est malade, qu'il a la fièvre, qu'il maudit son existence, qu'il exècre le diamant, est dégoûté de tout, en veut au monde entier, cherche noise à ses compagnons et, pour un oui ou pour un non, joue du couteau ou décharge sa carabine sur son semblable. On meurt beaucoup de mort violente sur les *placers* et à Goyaz la vie d'un homme ne vaut rien.

Dans les mines de mica de l'État de Minas Geraes.

À force de fouiller le sol, les chercheurs d'or, d'argent, d'émeraudes, de diamants ont ravagé des milliers, des dizaines de milliers de lieues du pays. Aujourd'hui ce sont les mines, les carrières à ciel ouvert de mica et, tout récemment, l'exploitation à fleur de terre d'énormes gisements de minerais à très forte teneur de fer, à Monlevade (M. G.).

Bahia et son église de São-Francisco tout en or.

Bahia, la Rome des Noirs, 367 églises, 500 000 habitants. Elle se compose d'une ville basse en bordure de la mer et d'une ville haute en couronne sur la ligne des collines qui enclavent le rivage célèbre du Recôncavo ou Redonne. On monte à la ville haute par une rampe animée et des ruelles pittoresques, entre les façades des maisons colorées et des somptueuses églises, dont la plus émouvante est celle de Bom-Fim, de la Bonne Mort, la sainte paroisse des Noirs. Dans la ville basse, autour du Vieux Port encombré de barques de pêche, se tiennent les marchés populaires, grouillants, agités, criards, amusants au possible et par la couleur et la variété des produits tropicaux qu'on y expose et divertissant par les palabres sans fin, les discussions homériques qui accompagnent les marchandages : bananes, tomates, oranges, courges, poivrons nains, piments doux, noix de coco, gombeaux, dits *quiabos*, jacas, poissons de toutes formes, couleurs, tailles, coquillages biscornus et inquiétants, *fruta di conde* au goût de framboise, *sapotis* violets et juteux, ananas à chair blanche ou *abacaxi*, gros poivrons rouges, choux palmistes, chaillottes, en portugais *xuxù* et toute la gamme des petits piments insidieux qui ont fait la gloire de la cuisine de Bahia, et des éventaires de littérature populaire, des contes du merveilleux et des histoires de brigands, des poèmes d'amour et des propos de table salés et follement drôles, un déballage de poteries, de céramiques, de vannerie, carpettes, chapeaux, des plus

Une vue du port prise des vieux quartiers.

grossiers le *carnanbeira*, aux plus fins, genre Panama, et de toutes les dimensions, certains plus vastes que des roues de charreton, des paniers d'un travail fantaisiste et raffiné, et des couvertures de kapok, et des poupées vêtues du brillant costume des femmes de Bahia, et de la verroterie, et de l'orfèvrerie, et d'un assortiment de porte-bonheur en corne, en bois, en corail, en or pur, surtout des mains faisant la figue contre le mauvais œil, la jettatura, sans oublier les assortiments de *fumo de corda*, le tabac à chiquer, ni les meilleurs cigares du monde qu'un chacun se plante dans le bec, hommes et femmes.

N. B. — C'est dans la ville haute, aux incomparables églises des XVIIᵉ et XVIIIᵉ siècles que se trouve la cathédrale qui garde le tombeau de Caramurù.

Abondance de couvre-chefs,
au marché de chapeaux de paille.

Chapeaux de paille, varangues, carbets ! Dans le Nord, c'est le soleil qui est l'ennemi n° 1... Sur la côte la rive est plate, désolée, bordée vers l'intérieur par une marge de dunes fixées par des graminées. Les ports sont rares et souvent démunis de toute installation portuaire et des barques à voiles font la navette entre la côte sablonneuse sans ancrage et les navires de haute mer qui stationnent souvent fort loin au large. Dans l'ensemble, l'aspect du paysage du Nord-Est et du Nord est d'une tristesse, d'une grandeur sauvages et nostalgiques. L'hinterland est un plateau de faible altitude, à peu près uni, au climat torride, c'est la région des déserts et des cactus. Les habitants, les *catingueiras*, des pasteurs habillés de cuir pour éviter les déchirures, les entaillades, les morsures des broussailles et des lianes épineuses et des cactées qui forment les oasis diaboliques de ces pays perdus où ils vont faire paître leurs maigres troupeaux, y souffrent de redoutables périodes de sécheresse, surtout au Céara, ce qui fait qu'ils ont tendance à redevenir nomades. Ils s'embauchent facilement pour aller travailler dans les terribles forêts de l'Amazone, ce qui est tomber de Charybde en Scylla, puisque le plus souvent ils n'en reviennent pas, ou s'expatrient pour aller défricher le Matto Grosso ou les nouvelles terres à café dans le Far West de l'État de São Paulo.

São Paulo, capitale du café.

Debout
La nuit s'avance
Le jour commence à poindre
Une fenêtre s'ouvre
Un homme se penche dehors en fredonnant
Il est en bras de chemise et regarde de par le monde
Le vent murmure doucement comme une tête bour-
    donnante

La ville se réveille
Les premiers trams ouvriers passent
Un homme vend des journaux au milieu de la place
Il se démène dans les grandes feuilles de papier
    qui battent des ailes et exécute une espèce de
    ballet à lui tout seul, tout en s'accompagnant de
    cris gutturaux... STADO... ERCIO... EIO...
Des klaxons lui répondent
Et les premières autos passent à toute vitesse

Menu fretin
Le ciel est d'un bleu cru
Le mur d'en face est d'un blanc cru
Le soleil cru me tape sur la tête
Une négresse installée sur une petite terrasse fait
    frire de tout petits poissons sur un réchaud
    découpé dans une vieille boîte à biscuits
Deux négrillons rongent une tige de canne à sucre.

Architecture moderne et colossale, et contrastes.

Paysage

Le mur ripoliné de la PENSION MILANAISE s'enca-
    dre dans ma fenêtre
Je vois une tranche de l'avenue São-João
Trams autos trams
Trams-trams trams trams
Et les autobus qui font la queue
Des mulets jaunes attelés par trois tirent de toutes
    petites charrettes vides
Au-dessus des poivriers de l'avenue se détache l'en-
    seigne géante de la CASA TOKIO
Le soleil vernit tout cela.

Les bruits de la ville
Tous les bruits
Le renâclement des bennes qui se vident
Le rire des jeunes filles
La cadence multipliée des charpentiers de fer sur
    leurs échafaudages
Le tocsin des riveuses pneumatiques
Le bourdon des malaxeuses de béton
Tous les déchargements et les tonnerres d'une
    machinerie nord-américaine qui explose et per-
    cute dans cet infernal nuage de plâtras qui enve-
    loppe toujours le centre de São Paulo, où l'on
    démolit sans cesse pour reconstruire à raison
    d'une maison par heure ou d'un gratte-ciel par
    jour et que perce également
Le rire des jeunes filles

Les klaxons électriques

Un sac valant son pesant d'or : le café.

Ici on ne connaît pas la Ligue du Silence
Comme dans tous les pays neufs
La joie de vivre et de gagner de l'argent s'exprime
    par la voix des klaxons et la pétarade des pots
    d'échappement libres

J'adore cette ville
São Paulo est selon mon cœur
Ici nulle tradition
Aucun préjugé
Ni ancien ni moderne
Seuls comptent cet appétit furieux cette confiance
    absolue cet optimisme cette audace ce travail ce
    labeur cette spéculation qui font construire des
    maisons dans tous les styles ridicules grotesques
    beaux grands petits nord-sud égyptien-yankee-
    cubiste
Sans autre préoccupation que de suivre les statis-
    tiques prévoir l'avenir le confort l'utilité la plus-
    value et d'attirer une grosse immigration
Tous les pays
Tous les peuples
J'aime ça
Les deux trois vieilles maisons portugaises qui res-
    tent sont de faïences bleues
Azulejos

CHRONOLOGIE DE LA VIE
DE BLAISE CENDRARS

1887 Le Ier septembre, naissance de Frédéric Louis Sauser (le futur Blaise Cendrars), à La Chaux-de-Fonds. Famille bourgeoise d'origine bernoise, mais francophone.

1894-1896 Séjour à Naples.

1897-1899 Pensionnat en Allemagne puis lycée à Bâle.

1901 Études à l'École de Commerce de Neuchâtel.

1904 Suite à de mauvais résultats scolaires, « Freddy » est envoyé en apprentissage en Russie, d'abord à Moscou, puis à Saint-Pétersbourg chez un compatriote, l'horloger Leuba. Assiste au « Dimanche Rouge » qui déclenche la révolution de 1905. C'est de ce séjour de plus de deux ans et demi qu'il datera son « apprentissage en Poésie ». Vers la fin, se lie avec une jeune fille russe, Hélène.

1907 Retour à Neuchâtel. Correspondance évasive avec Hélène, dont il apprend le 11 juin qu'elle est morte, sans doute brûlée vive dans un incendie. Publication à Moscou, sous le nom de Frédéric Sauser et en russe, de *La Légende de Novgorode*. Cette plaquette, que Cendrars fera toujours figurer en tête de sa bibliographie, fut considérée comme perdue jusqu'à sa découverte à Sofia, en 1995. L'examen, par des experts, du papier et de la typographie de l'exemplaire retrouvé tend à établir qu'il s'agirait d'un faux.

1908 Sa mère meurt en février, et son père se remarie.

1909 Études dispersées (médecine, littérature, musique) à l'université de Berne. Lectures boulimiques (philosophie, histoire des sciences, patrologie latine...). Premiers essais d'écriture, sous l'influence du symbolisme finissant (Dehmel, Przybyszewski, Spitteler, Gourmont). Rencontre d'une jeune étudiante polonaise, Félicie Poznanska (Féla).

1910 Période de déplacements mal connus. Séjour en Belgique. Fin de l'année : retour à Paris.

1911 Avril : retour à Saint-Pétersbourg, sans doute dans la famille d'Hélène. Été à Strelna où il commence *Aléa*, un roman autobiographique. Féla l'invite à la rejoindre à New York. S'embarque à Libau pour New York. Tient un Journal de bord : *Mon voyage en Amérique*.

1912 Écrit *Les Pâques*, son « premier poème » qu'il signe d'un pseudonyme, Blaise Cendrart, puis Cendrars. Retour à Paris. Fonde la revue et les Éditions des Hommes Nouveaux où, en novembre, paraissent *Les Pâques*, qu'il envoie à Apollinaire. Fréquente les milieux d'avant-garde : Apollinaire (et *Les Soirées de Paris*) et les peintres (les Delaunay, Chagall, Léger, Picasso, Kisling...). Sympathies anarchistes.

1913 Publication de *Séquences*, recueil de poèmes d'influence symboliste qu'il remettra en question, et de *Prose du Transsibérien et de la petite Jehanne de France*, poème-tableau sous forme de dépliant, illustré par les compositions simultanées de Sonia Delaunay. Ses *Poèmes élastiques* paraissent en revues. Écrit *Le Panama ou Les Aventures de mes sept oncles*. La figure de Moravagine commence à le hanter.

1914 Avril : naissance de son fils Odilon (mort en 1979). En juillet, il signe avec l'écrivain italien Ricciotto Canudo un Appel aux étrangers résidant en France les invitant à s'engager comme volontaires avec eux dans l'armée française. Une année au front (Somme, Champagne...), sur laquelle il reviendra souvent (*J'ai tué, La Main coupée...*). Le 16 septembre, en permission à Paris, il épousa Féla.

1915 Mort de Remy de Gourmont qu'il considère comme son
      « maître » en écriture. Le 28 septembre, il est grièvement
      blessé devant la ferme Navarin, au cours de la grande
      offensive de Champagne. Amputation du bras droit,
      au-dessus du coude.

1916 Naturalisé français. Parution de *La Guerre au Luxem-
      bourg*, poème avec six dessins de Kisling (Dan. Niestlé).
      Il rencontre Eugenia Errazuriz, grande dame chilienne
      qui devient son amie et mécène. En avril, naissance de
      son fils Rémy.

1917 Passe l'hiver à Cannes puis revient à Paris. Retrouve
      Apollinaire aux réunions du Café de Flore. Tournant
      décisif pour Cendrars qui découvre son identité nou-
      velle de gaucher. *L'Eubage*, commandé par le coutu-
      rier-mécène Jacques Doucet, et *Les Armoires chinoises*
      (récit initiatique gardé secret) témoignent de ce renou-
      veau créateur. Il entreprend un « grand roman martien »,
      La Fin du monde, d'où sortiront *Profond aujourd'hui*,
      La Fin du Monde filmée par l'Ange N.-D, *Moravagine*.
      Il songe à *Dan Yack*. Conseiller littéraire, jusqu'en 1919,
      aux Éditions de la Sirène fondées par Paul Laffitte, où il
      se lie avec Jean Cocteau. 26 octobre : rencontre à Paris
      Raymone Duchâteau, jeune comédienne (1896-1986).

1918 *Le Panama ou Les Aventures de mes sept oncles* paraît
      à la Sirène (couverture de Dufy). *J'ai tué* avec cinq des-
      sins de Léger (À la Belle Édition). 9 novembre : mort
      d'Apollinaire.

1919 Réunit ses trois grands poèmes dans *Du Monde entier*
      (NRF). Publie *Dix-neuf poèmes élastiques* (Au Sans
      Pareil), *La Fin du Monde filmée par l'Ange N.-D*, avec
      des compositions de Léger (à la Sirène), « Modernités »,
      série d'articles sur les peintres, dans la revue *La Rose
      rouge*. Prend des distances avec les milieux littéraires
      d'avant-garde (Dada et surréalisme). 23 décembre : nais-
      sance de sa fille Miriam.

1920 Assistant d'Abel Gance pour le tournage de *La Roue*.

1921 *Anthologie nègre* (la Sirène). Engagement dans les stu-
      dios de Rome : tourne *La Vénus noire*, film mal reçu à

sa sortie, début 1923 en Italie, et qui a été ensuite perdu. *La Perle fiévreuse*, scénario de ce film, est publié dans la revue *Signaux de France et de Belgique*.

1922 *Moganni Nameh* (version remaniée d'*Aléa*).

1923 Théâtre des Champs-Élysées, les Ballets suédois de Rolf de Maré créent *La Création du monde*, argument de Cendrars, musique de Darius Milhaud, décors et costumes de Léger.

1924 S'embarque sur le *Formose* pour le Brésil, à l'invitation de Paulo Prado, homme d'affaires et écrivain. Découverte de son « Utopialand ». Amitiés avec les modernistes de São Paulo : Tarsila do Amaral, Oswald de Andrade, Mário de Andrade. Visite à la fazenda du Morro Azul d'où il date son « apprentissage de romancier ». Retour en France. *Kodak (Documentaire)*, poèmes « découpés » en secret, notamment dans *Le Mystérieux docteur Cornélius*, roman-feuilleton de son ami Gustave Le Rouge. *Feuilles de route, I. Le Formose*, son dernier recueil de poèmes (Au Sans Pareil). Au Tremblay-sur-Mauldre, il écrit *L'Or/la merveilleuse histoire du général Johann August Suter*.

1925 *L'Or* (Grasset), premier succès de grand public. Cette vie romancée fera de lui, dans les années vingt, un romancier de l'aventure au style novateur. Conférence à Madrid sur la littérature nègre.

1926 Deuxième voyage au Brésil. Rencontre Marinetti à São Paulo. *Moravagine* paraît enfin (Grasset). Puis *Éloge de la vie dangereuse* et *L'A B C du cinéma* (Aux Écrivains réunis). Enfin *L'Eubage aux antipodes de l'unité* (Au Sans Pareil).

1927 12 février : mort de son père. Travaille au *Plan de l'Aiguille*. Dernier départ pour le Brésil.

1928 Retour en France. Entreprend *La Vie et la mort du Soldat inconnu*. Parution de *Petits contes nègres pour les enfants des blancs* (Éditions du Portique).

1929 Publie en février *Le Plan de l'Aiguille*, suivi, en septembre, des *Confessions de Dan Yack* (Au Sans Pareil).

Une Nuit dans la forêt, premier fragment d'une auto-biographie (Éditions du Verseau).

1930 *Comment les blancs sont d'anciens noirs* (Au Sans Pareil). Rencontre John Dos Passos. « L'Affaire Galmot » paraît dans l'hebdomadaire *Vu* et devient aussitôt *Rhum* (Grasset). Dirige la collection « Les Têtes brûlées » (Au Sans Pareil).

1931 *Aujourd'hui* (Grasset), recueil de proses poétiques et d'essais.

1932 *Vol à voiles, prochronie* (Payot). Malade ensuite pendant deux ans, Cendrars travaille peu.

1934 « Les Gangsters de la maffia », reportage pour *Excelsior*... Rencontre Henry Miller qui lui a envoyé *Tropic of Cancer*.

1935 Lance Henry Miller en France par un article dans *Orbes*. Reportage sur le voyage inaugural du paquebot *Normandie* entre Le Havre et New York. *Panorama de la pègre* (Arthaud).

1936 Reportages à Hollywood pour *Paris-Soir* qui paraissent ensuite sous le titre *Hollywood, la Mecque du cinéma* (Grasset). Rencontre James Cruze qui adapte *L'Or* au cinéma sous le titre *Sutter's Gold*.

1937 Voyages en Espagne et au Portugal. Traduit *Forêt vierge* de l'écrivain portugais Ferreira de Castro. Parution des *Histoires vraies* (Grasset).

1938 *La Vie dangereuse* (Grasset).

1939 À la déclaration de la guerre, s'engage comme correspondant de guerre dans l'armée anglaise.

1940 *D'Oultremer à Indigo*, troisième recueil des *Histoires vraies* (Grasset). *Chez l'armée anglaise*, reportages de guerre (Corrêa, édition pilonnée par la censure allemande dès le début de l'Occupation). En mai 1940, la débâcle le désespère. 14 juillet : Quitte Paris et le journalisme et s'installe dans la solitude et le silence à Aix-en-Provence.

1943 21 août : retour à l'écriture après trois années de silence. Premier des quatre volumes de « Mémoires qui sont des Mémoires sans être des Mémoires », qui fait resurgir l'été 1917. Songe à *La Carissima*, projet d'une vie de

Marie-Madeleine. 3 octobre : mort de Paulo Prado. 13 octobre : mort de Féla.

1944 1re édition des *Poésies complètes* (Denoël) avec l'aide de Jacques-Henry Lévesque.

1945 *L'Homme foudroyé* (Denoël). Visite de Robert Doisneau à Aix pour un reportage photographique. 26 novembre : mort de son fils Rémy Sauser, pilote dans l'armée de l'air française, dans un accident d'avion au Maroc.

1946 Introduction aux *Fleurs du Mal* de Baudelaire (Union Bibliophile de France). *La Main coupée* (Denoël).

1947 Travaille à *Possession du monde* qui deviendra *Bourlinguer*.

1948 Janvier : s'installe à Saint-Segond, près de Villefranche-sur-Mer, où il travaille au *Lotissement du ciel*. Parution de *Bourlinguer* (Denoël).

1949 *Le Lotissement du ciel* (Denoël). *La Banlieue de Paris*, avec 130 photographies de Doisneau (chez Seghers et à La Guide du Livre). 27 octobre : mariage avec Raymone à Sigriswil, village originaire des Sauser, dans l'Oberland bernois.

1950 Retour définitif à Paris, 23 rue Jean-Dolent, XIVe, en face de la prison de la Santé. Treize entretiens avec Michel Manoll, diffusés à la RTF et qui seront largement remaniés dans *Blaise Cendrars vous parle...* (Denoël, 1952).

1951 Travaille à *Emmène-moi au bout du monde !...*

1952 « Sous le signe de François Villon » paraît dans la revue *La Table Ronde. Le Brésil – des Hommes sont venus*, avec 105 photographies de Jean Manzon (Monaco, Les Documents d'Art). Mort, au Chili, d'Eugenia Errazuriz.

1953 *Noël aux quatre coins du monde* (Cayla). Compose *La Rumeur du monde*, recueil resté inédit.

1954 *Serajevo*, pièce radiophonique, à la RTF.

1955 Préface aux *Instantanés de Paris* de Robert Doisneau (Arthaud). Mort de Fernand Léger. *Gilles de Rais*, pièce radiophonique, à la RTF.

1956 *Emmène-moi au bout du monde !...* (Denoël). *Entretiens de Fernand Léger avec Blaise Cendrars et Louis Carré sur le paysage dans l'œuvre de Léger* (Galerie

Louis Carré). *Moravagine*, édition augmentée (Grasset). 25 août : Congestion cérébrale. Partiellement paralysé, suit avec détermination une importante rééducation.

1957 *Trop c'est trop* (Denoël), recueil « presse-papiers » de nouvelles et d'articles. *Le Divin Arétin*, pièce radiophonique, à la RTF.

1958 *À l'aventure* (Denoël), « pages choisies ». *Les Pauvres honteux*, son dernier récit restera inachevé. Été : seconde attaque cérébrale.

1959 *Films sans images*, trois pièces radiophoniques en collaboration avec Nino Frank (Denoël).

1960-1965 *Œuvres complètes* en huit volumes chez Denoël.

1961 21 janvier : Mort de Blaise Cendrars à Paris. Il est inhumé au Cimetière des Batignolles.

1968-1971 *Œuvres complètes* en quinze volumes, précédées d'un volume d'inédits secrets recueillis par Miriam Cendrars, au Club Français du Livre.

1994 Les cendres de Blaise Cendrars sont transférées au Cimetière du Tremblay-sur-Mauldre (Yvelines), près de sa « maison des champs ».

2001-2006 Les Éditions Denoël reprennent, sous la direction de Claude Leroy, la publication des *Œuvres Complètes* en quinze volumes, dans la collection « Tout Autour d'Aujourd'hui », enrichies d'un important appareil critique.

DU MÊME AUTEUR

Aux Éditions Denoël

« TOUT AUTOUR D'AUJOURD'HUI »,
Œuvres complètes sous la direction de Claude Leroy

I. POÉSIES COMPLÈTES, avec 41 poèmes inédits, éd. de Claude Leroy

II. L'OR – RHUM – L'ARGENT, éd. de Claude Leroy

III. HOLLYWOOD, LA MECQUE DU CINÉMA – L'ABC DU CINÉMA – UNE NUIT DANS LA FORÊT, éd. de Francis Vanoye

IV. DAN YACK, éd. de Claude Leroy

V. L'HOMME FOUDROYÉ – LE SANS-NOM, éd. de Claude Leroy

VI. LA MAIN COUPÉE – LA MAIN COUPÉE (1918) – LA FEMME ET LE SOLDAT, éd. de Michèle Touret

VII. MORAVAGINE – LA FIN DU MONDE FILMÉE PAR L'ANGE N.-D. – L'EUBAGE, éd. de Jean-Carlo Flückiger

VIII. HISTOIRES VRAIES – LA VIE DANGEREUSE – D'OUL-TREMER À INDIGO, éd. de Claude Leroy

IX. BOURLINGUER – VOL À VOILE, éd. de Claude Leroy

X. ANTHOLOGIE NÈGRE – PETITS CONTES NÈGRES POUR LES ENFANTS DES BLANCS – COMMENT LES BLANCS SONT D'ANCIENS NOIRS – LA CRÉATION DU MONDE, éd. de Christine Le Quellec Cottier

XI. AUJOURD'HUI – JÉROBOAM ET LA SIRÈNE – SOUS LE SIGNE DE FRANÇOIS VILLON – LE BRÉSIL – TROP C'EST TROP, éd. de Claude Leroy

XII. LE LOTISSEMENT DU CIEL – LA BANLIEUE DE PARIS, éd. de Claude Leroy

XIII. PANORAMA DE LA PÈGRE – À BORD DE NORMANDIE – CHEZ L'ARMÉE ANGLAISE – ARTICLES ET REPOR-TAGES, éd. de Myriam Boucharenc

XIV. EMMÈNE-MOI AU BOUT DU MONDE !... – FILMS SANS IMAGES – DANSE MACABRE DE L'AMOUR, éd. de Claude Leroy

XV. BLAISE CENDRARS VOUS PARLE... – QUI ÊTES-VOUS ? – LE PAYSAGE DANS L'ŒUVRE DE LÉGER – J'AI VU MOURIR FERNAND LÉGER, éd. de Claude Leroy

LA BANLIEUE DE PARIS, photographies de Robert Doisneau

Blaise Cendrars - Jacques-Henry Lévesque, « J'ÉCRIS. ÉCRIVEZ-MOI. » CORRESPONDANCE 1924-1959, éd. de Monique Chefdor

Blaise Cendrars - Henry Miller, CORRESPONDANCE 1934-1979 : QUARANTE-CINQ ANS D'AMITIÉ, éd. de Miriam Cendrars, Frédéric Jacques Temple et Jay Bochner

Aux Éditions Gallimard

DU MONDE ENTIER AU CŒUR DU MONDE, poésies complètes, préface de Paul Morand, éd. de Claude Leroy, *Poésie/Gallimard* n° 421

BOURLINGUER, *Folio* n° 602

LE BRÉSIL. DES HOMMES SONT VENUS, photographies de Jean Manzon, *Folio* n° 5073

DAN YACK, éd. de Claude Leroy, *Folio* n° 5173

D'OULTREMER À INDIGO, éd. de Claude Leroy, *Folio* n° 2970

EMMÈNE-MOI AU BOUT DU MONDE !..., *Folio* n° 15

L'HOMME FOUDROYÉ, *Folio* n° 467

LE LOTISSEMENT DU CIEL, éd. de Claude Leroy, *Folio* n° 2795

LA MAIN COUPÉE, *Folio* n° 619

L'OR, *Folio* n° 331, *Folioplus* n° 30, *Bibliothèque Gallimard* n° 135

PETITS CONTES NÈGRES POUR LES ENFANTS DES BLANCS, ill. de Jacqueline Duhême, *Folio Junior* n° 55, *Bibliothèque Folio Junior* n° 20, *Folio Cadet* n° 224

Miriam Cendrars, BLAISE CENDRARS. L'OR D'UN POÈTE, *Découvertes* n° 279

Marie-Paule Berranger commente DU MONDE ENTIER AU CŒUR DU MONDE de Blaise Cendrars, *Foliothèque* n° 150

PARTIR, poèmes, romans, nouvelles, mémoires, éd. de Claude Leroy, *Quarto*

HISTOIRES VRAIES, *Folio* n° 5683

Dans la Bibliothèque de la Pléiade

ŒUVRES AUTOBIOGRAPHIQUES COMPLÈTES, I, 2013

ŒUVRES AUTOBIOGRAPHIQUES COMPLÈTES, II, 2013

Aux Éditions Fata Morgana

LES ARMOIRES CHINOISES, postface de Claude Leroy

BRÉSIL, DES HOMMES SONT VENUS

JOHN PAUL JONES OU L'AMBITION, préface de Claude Leroy

MON VOYAGE EN AMÉRIQUE, postface de Christine Le Quellec Cottier

NOUVEAUX CONTES NÈGRES, postface de Christine Le Quellec Cottier

Aux Éditions Grasset

HOLLYWOOD, LA MECQUE DU CINÉMA, *Les cahiers rouges*

MORAVAGINE, *Les cahiers rouges*

RHUM, préface de Miriam Cendrars, *Les cahiers rouges*

LA VIE DANGEREUSE, préface de Miriam Cendrars, *Les cahiers rouges*

Aux Éditions du Livre de Poche

ANTHOLOGIE NÈGRE n° 3363

RHUM n° 3022

Aux Éditions Honoré Champion

L'EUBAGE. AUX ANTIPODES DE L'UNITÉ, éd. de Jean-Carlo Flückiger, Cahiers Blaise Cendrars n° 2

LA VIE ET LA MORT DU SOLDAT INCONNU, éd. de Judith Trachsel, préface de Claude Leroy, Cahiers Blaise Cendrars n° 4

LA CARISSIMA, éd. d'Anna Maibach, Cahiers Blaise Cendrars n° 5

Aux Éditions Buchet-Chastel

ANTHOLOGIE NÈGRE

DOISNEAU RENCONTRE CENDRARS

Aux Éditions du Sorbier

POURQUOI PERSONNE NE PORTE PLUS LE CAÏMAN POUR LE METTRE À L'EAU, ill. de Merlin, *Au berceau du monde*

LE MAUVAIS JUGE, ill. de Merlin, *Au berceau du monde*

Chez d'autres éditeurs

MADAME MON COPAIN / ÉLISABETH PRÉVOST ET BLAISE CENDRARS : UNE AMITIÉ RARISSIME, avec 31 lettres de Blaise Cendrars, éd. de Monique Chefdor, Éd. Joca Seria

Blaise Cendrars, EN BOURLINGUANT... Entretiens avec Michel Manoll (1950). INA/Radio-France, *Les grandes heures*

RENCONTRES AVEC BLAISE CENDRARS. Entretiens et interviews 1925-1959, éd. de Claude Leroy, Paris, Éd. Non-lieu

J'AI SAIGNÉ, postface de Christine Le Quellec Cottier, Genève, Éd. Zoé

J'AI SAIGNÉ, éd. de Sylvie Loignon, Éd. Hatier/Poche

PETITS CONTES NÈGRES POUR LES ENFANTS DES BLANCS, ill. de Francis Bernard, Éd. Art Spirit

Composition Nord Compo
Impression Clerc
à Saint-Amand Montrond, le 14 août 2018
Dépôt légal : août 2018
1er dépôt légal dans la collection : avril 2010
Numéro d'imprimeur : 14705

ISBN 978-2-07-041882-4./Imprimé en France.

341855